四大名著‧漢語拼音版

西遊記

原著 吳承恩

新雅文化事業有限公司
www.sunya.com.hk

目錄

人物介紹

孫悟空：唐僧的大徒弟，擁有各種高強的本領，護送唐僧往西天取經。▶

唐僧：往西天取經的和尚，一路得到三個弟子和神仙的幫助，取得真經後，成為神仙。▶

豬八戒：唐僧的弟子，好吃懶做，護送唐僧往西天取經。

沙僧：唐僧的弟子，又稱沙和尚，性格老實，護送唐僧往西天取經。

白龍馬：原是龍太子，後變成白馬，載乘唐僧往西天取經。

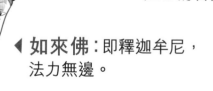

觀音：具慈悲▶之心的菩薩。

◀如來佛：即釋迦牟尼，法力無邊。

◀ 托塔李天王：即李靖，右手托塔的將軍。

哪吒：托塔李天 ▶
王的兒子，本領高
強。

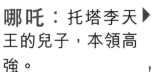

◀ 二郎神：天庭大將，
有神通廣大的本領。

太上老君：天上的神仙。▶

白骨精：貌美的女妖
精，化身成少女模樣。
▼

◀ 黃袍怪：黑松
林裏的妖怪。

金角大王：蓮花洞的妖怪，原是太上老君看守金爐的童子。

銀角大王：蓮花洞的妖怪，原是太上老君看守銀爐的童子。

鐵扇公主：牛魔王的妻子，擁有可以撲熄火燄的芭蕉扇。

牛魔王：牛修煉成的妖魔。

紅孩兒：牛魔王和鐵扇公主的兒子，後被觀音收為弟子。

青牛怪：太上老君的坐騎青牛，降到人間變成青牛怪。

虎力道士：老虎變成的妖怪，打扮成道士的模樣。

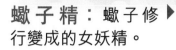

蠍子精：蠍子修▶
行變成的女妖精。

六耳獼猴：有六隻耳朵的
猴子，假扮成孫悟空的模樣。

黃眉怪：彌勒佛的
童子，後變成妖怪。

九頭怪：擁有九個頭的▶
妖怪，後被二郎神打死。

黃獅精：玉華城的妖怪，
後被孫悟空打死。

唐太宗：唐朝▶
的皇帝，是開明
大義的君王。

美猴王出世

東海邊有一座美麗的花果山，那裏有一塊仙石。一天，突然「砰」地一聲，石頭裂開了，從裏面蹦出來一隻猴

子。這隻猴子很機靈，很快，他就和山上的猴子成了好朋友。一天，遊玩時，他發現山裏的瀑布中有一個水簾洞，就鑽了進去，他看到洞裏有石鍋、石灶、石牀，心想：「這裏真是個好地方啊，如果搬進來住，一定舒服極了。」於是，石猴帶領着猴羣住進了水簾洞，小猴子們都非常高興，拜石猴為大王，石猴還自稱美猴王。

在花果山當猴王的日子很快活。一眨眼，幾年過去了。一天，美猴王聽說東海有個仙人會長生不老的法術，他也動心了，想學點法術。於是，美猴王

告別猴子們，自己坐着木筏，去東海找仙人。在海上漂啊漂啊，經歷了十分危險的情況，漂了幾個月後，突然有一天，他看到海邊有一座大山。他登岸往山上走去。在山上，他果然見到了仙

人。住在山裏的仙人答應收他做徒弟，

還給他取了名字——孫悟空。

　　仙人先教他七十二變，這種法術十

分厲害，學會之後，是能變成各種各樣

的物體。孫悟空很聰明，沒多久，他就

學會了七十二變。他問仙人還有什麼可

以學，仙人還教會他一個筋斗雲法術，

這個筋斗雲法術，比七十二變厲害得多。學會後，只要一個筋斗雲就可以飛十萬八千里！孫悟空學得很認真，很快他就學會了，於是他告別師父回花果山去了。

孫悟空借寶

只翻了一個筋斗，孫悟空就回到了花果山。猴子們看見大王回來，全都跑出來，把他團

團團住，爭先恐後地向他報告：「自從大王走了以後，有個妖怪就霸佔了水簾洞，把我們趕了出來，還抓走了我們很多同伴呢。」孫悟空一聽，非常生氣，立刻來到水簾洞前，水簾洞裏的小妖怪急忙跑去報告那個妖怪。那個妖怪是一個魔王，魔王一聽，提着大刀，氣呼呼地出來要和孫悟空決鬥。孫悟空輕易就把魔王打倒了。

孫悟空帶着猴子們又住進水簾洞。他開始教猴子們練武，不過，他卻沒有一件好用的兵器。一隻老猴告訴他：「東海龍宮裏兵器十分多，大王，您可

以去那裏找找。」於是，孫悟空來到東
yǐ qù nà li zhǎo zhao yú shì sūn wù kōng lái dào dōng

海龍宮。東海龍王得知他的目的，就拿
hǎi lóng gōng dōng hǎi lóng wáng dé zhī tā de mù dì jiù ná

出一把大刀，孫悟空試了試覺得不夠重，龍王換了一把九股叉，孫悟空覺得太輕了。最後，龍王請孫悟空去看東海的定海神針——如意金箍棒：金箍棒重一萬三千五百斤，而且還能變長變短，是東海龍宮裏的鎮海寶貝！孫悟空一看，拿着金箍棒玩耍了一下，很滿意，就帶着金箍棒回花果山了。

猴子們見孫悟空帶了寶貝回來，都很高興，於是孫悟空決定大擺筵席，孫悟空喝了不少酒。喝醉後，就躺在樹蔭下睡着了。迷迷糊糊之中，他覺得有兩個人向他走來，將他帶到閻王面前。

閻王說他就要死了。孫悟空一聽十分憤怒：「我的本領這麼強，你竟然說我就要死了！」他掄起金箍棒開始胡亂揮打，砸壞很多東西，閻王氣極了，就跑去向玉皇大帝告狀。

美猴王大鬧天宮

玉皇大帝召孫悟空上天，給他一個養馬的小官做，孫悟空不願意，回到花果山自封為「齊天大聖」。玉皇大帝見孫悟空這麼自大，十分生氣，就派托塔李天王帶領天兵天將，到花果山捉拿他。可是，連本領高強的哪吒三太子也打不贏孫悟空，李天王只好領着兵逃回天宮，向玉皇大帝報告。玉皇大帝為了招安孫悟空，同意封他為「齊天大聖」，並派他去守蟠桃園。

孫悟空聽土地神說，蟠桃園裏的蟠

桃吃了能長生不老，於是他把熟了的蟠桃偷吃掉一大半。正巧，王母娘娘要在瑤池開蟠桃盛會，她派七仙女去蟠桃園採仙桃。孫悟空聽説王母娘娘開蟠桃盛會，一問七仙女，竟得知沒有請他，他十分生氣，就直奔瑤池，把瑤池裏的玉液瓊漿喝得乾乾淨淨。孫悟空喝醉了，又把太上老君煉成的金丹也吃了個飽。然後，他自知闖了大禍，就一個筋斗雲又回到花果山。

王母娘娘和太上老君十分生氣，一起去向玉皇大帝告狀。玉皇大帝聽後大發雷霆，又派李天王帶領天兵天將去捉

西遊記

拿孫悟空。李天王帶着哪吒、二十八宿

將和十萬天兵，把花果山團團圍住。孫

悟空手拿金箍棒，跳出水簾洞，和天兵

天將從天亮一直打到天黑。最後，孫悟

空拔下毫毛，吹了口氣，毫毛變成千百

個孫悟空和天兵天將對打，最後李天王

等被打得敗下陣去。

大戰二郎神

李天王回到天上稟告玉皇大帝，玉皇大帝才得知孫悟空這麼厲害，急忙派出自己的外甥二郎神前去助戰。二郎神也會七十二變，他決定和孫悟空鬥法。

二郎神先是搖身一變，變得身高萬丈，舉起三尖兩刃槍，向孫悟空刺去。

孫悟空一看，也變得和二郎神一樣高，二人激烈地大戰起來。就在他們打得難分上下時，天兵們衝進水簾洞，把猴兵猴將打得到處逃竄。

孫悟空一看著急了，搖身一變，

變成一隻小麻雀，飛到樹梢上。二郎神連忙變成老鷹撲向小麻雀。孫悟空立刻變成一條小魚，鑽進河裏，二郎神就變成魚鷹，守在水邊。孫悟空又馬上變成一條水蛇，向岸邊游去，二郎神趕快變成一隻鶴，用尖嘴吃水蛇。孫悟空又變成一隻烏鴉，二郎神變回自己，拉開弓箭，「嗖」的一箭，射向烏鴉。孫悟空又立刻變成土地廟，可是被二郎神識破了。兩人變來變去，鬥來鬥去，但是仍分不出勝負。

太上老君見二郎神和孫悟空勢均力敵，就拿出一個金剛圈，把金剛圈往下

<ruby>一<rt>yì</rt></ruby><ruby>丟<rt>diū</rt></ruby>，<ruby>金<rt>jīn</rt></ruby><ruby>剛<rt>gāng</rt></ruby><ruby>圈<rt>quān</rt></ruby><ruby>正<rt>zhèng</rt></ruby><ruby>好<rt>hǎo</rt></ruby><ruby>打<rt>dǎ</rt></ruby><ruby>在<rt>zài</rt></ruby><ruby>孫<rt>sūn</rt></ruby><ruby>悟<rt>wù</rt></ruby><ruby>空<rt>kōng</rt></ruby><ruby>的<rt>de</rt></ruby><ruby>頭<rt>tóu</rt></ruby><ruby>上<rt>shang</rt></ruby>，

<ruby>孫<rt>sūn</rt></ruby><ruby>悟<rt>wù</rt></ruby><ruby>空<rt>kōng</rt></ruby><ruby>立<rt>lì</rt></ruby><ruby>刻<rt>kè</rt></ruby><ruby>跌<rt>diē</rt></ruby><ruby>倒<rt>dǎo</rt></ruby><ruby>在<rt>zài</rt></ruby><ruby>地<rt>dì</rt></ruby><ruby>上<rt>shang</rt></ruby>。

<ruby>二<rt>èr</rt></ruby><ruby>郎<rt>láng</rt></ruby><ruby>神<rt>shén</rt></ruby><ruby>的<rt>de</rt></ruby><ruby>哮<rt>xiào</rt></ruby><ruby>天<rt>tiān</rt></ruby><ruby>犬<rt>quǎn</rt></ruby><ruby>立<rt>lì</rt></ruby><ruby>即<rt>jí</rt></ruby><ruby>撲<rt>pū</rt></ruby><ruby>上<rt>shàng</rt></ruby><ruby>去<rt>qù</rt></ruby><ruby>咬<rt>yǎo</rt></ruby><ruby>住<rt>zhù</rt></ruby><ruby>孫<rt>sūn</rt></ruby>

<ruby>悟<rt>wù</rt></ruby><ruby>空<rt>kōng</rt></ruby>，<ruby>不<rt>bù</rt></ruby><ruby>肯<rt>kěn</rt></ruby><ruby>放<rt>fàng</rt></ruby><ruby>開<rt>kāi</rt></ruby>。<ruby>天<rt>tiān</rt></ruby><ruby>兵<rt>bīng</rt></ruby><ruby>天<rt>tiān</rt></ruby><ruby>將<rt>jiàng</rt></ruby><ruby>一<rt>yì</rt></ruby><ruby>擁<rt>yōng</rt></ruby><ruby>而<rt>ér</rt></ruby><ruby>上<rt>shàng</rt></ruby><ruby>將<rt>jiāng</rt></ruby>

<ruby>他<rt>tā</rt></ruby><ruby>五<rt>wǔ</rt></ruby><ruby>花<rt>huā</rt></ruby><ruby>大<rt>dà</rt></ruby><ruby>綁<rt>bǎng</rt></ruby>，<ruby>玉<rt>yù</rt></ruby><ruby>帝<rt>dì</rt></ruby><ruby>更<rt>gèng</rt></ruby><ruby>傳<rt>chuán</rt></ruby><ruby>旨<rt>zhǐ</rt></ruby><ruby>將<rt>jiāng</rt></ruby><ruby>孫<rt>sūn</rt></ruby><ruby>悟<rt>wù</rt></ruby><ruby>空<rt>kōng</rt></ruby><ruby>用<rt>yòng</rt></ruby><ruby>刀<rt>dāo</rt></ruby>

<ruby>砍<rt>kǎn</rt></ruby>，<ruby>用<rt>yòng</rt></ruby><ruby>劍<rt>jiàn</rt></ruby><ruby>刺<rt>cì</rt></ruby>，<ruby>用<rt>yòng</rt></ruby><ruby>雷<rt>léi</rt></ruby><ruby>劈<rt>pī</rt></ruby>，<ruby>可<rt>kě</rt></ruby><ruby>是<rt>shì</rt></ruby><ruby>都<rt>dōu</rt></ruby><ruby>傷<rt>shāng</rt></ruby><ruby>不<rt>bù</rt></ruby><ruby>了<rt>liǎo</rt></ruby><ruby>孫<rt>sūn</rt></ruby>

<ruby>悟<rt>wù</rt></ruby><ruby>空<rt>kōng</rt></ruby><ruby>的<rt>de</rt></ruby><ruby>一<rt>yì</rt></ruby><ruby>根<rt>gēn</rt></ruby><ruby>毫<rt>háo</rt></ruby><ruby>毛<rt>máo</rt></ruby>。<ruby>原<rt>yuán</rt></ruby><ruby>來<rt>lái</rt></ruby>，<ruby>孫<rt>sūn</rt></ruby><ruby>悟<rt>wù</rt></ruby><ruby>空<rt>kōng</rt></ruby><ruby>吃<rt>chī</rt></ruby><ruby>了<rt>le</rt></ruby><ruby>蟠<rt>pán</rt></ruby>

<ruby>桃<rt>táo</rt></ruby><ruby>和<rt>hé</rt></ruby><ruby>太<rt>tài</rt></ruby><ruby>上<rt>shàng</rt></ruby><ruby>老<rt>lǎo</rt></ruby><ruby>君<rt>jūn</rt></ruby><ruby>的<rt>de</rt></ruby><ruby>金<rt>jīn</rt></ruby><ruby>丹<rt>dān</rt></ruby>，<ruby>已<rt>yǐ</rt></ruby><ruby>煉<rt>liàn</rt></ruby><ruby>成<rt>chéng</rt></ruby><ruby>了<rt>le</rt></ruby><ruby>金<rt>jīn</rt></ruby><ruby>剛<rt>gāng</rt></ruby><ruby>不<rt>bú</rt></ruby>

壞之身。天兵天將都奈何不了孫悟空，太上老君就提議說：「不如把孫悟空放進八卦爐裏煉，把他燒成灰。」玉皇大帝一聽立即答應。

被鎮五行山

孫悟空被推
入八卦爐裏，太上
老君命令仙童把爐
火燒旺，一直煉
了七七四十九

天。太上老君猜想孫悟空已經燒成灰了，就讓仙童把爐門打開。誰知爐門一開，孫悟空就跳出來。原來，孫悟空在爐裏一點事都沒有，而且還煉成了火眼金睛。他一腳踢翻八卦爐，又從耳朵裏掏出如意金箍棒，喊一聲「變」，金箍棒就變得有碗口那麼粗。孫悟空拿着金箍棒，四處亂打，一直打到玉皇大帝住的靈霄殿。玉皇大帝連忙派人到西天去請如來佛來收服孫悟空。

如來佛接到玉皇大帝的懿旨，便前去收服孫悟空。他對孫悟空說：「你這隻猴子，為什麼要大鬧天宮？」孫悟

kōng shuō：「rú guǒ ràng wǒ zuò yù huáng dà dì，wǒ jiù bú
空説：「如果讓我做玉皇大帝，我就不

zài nào，fǒu zé wǒ ràng tiān gōng yǒng bù ān níng！」rú lái
再鬧，否則我讓天宮永不安寧！」如來

tīng le hā hā dà xiào qǐ lái：「rú guǒ nǐ néng yí gè jīn
聽了哈哈大笑起來：「如果你能一個筋

dǒu fān chū wǒ shǒu zhǎng xīn，wǒ jiù ràng yù huáng dà dì bǎ tiān
斗翻出我手掌心，我就讓玉皇大帝把天

gōng ràng gěi nǐ。」sūn wù kōng xīn xiǎng：wǒ yí gè jīn dǒu
宮讓給你。」孫悟空心想：我一個筋斗

néng fān shí wàn bā qiān lǐ，hái huì fān bù chū bù mǎn yì chǐ
能翻十萬八千里，還會翻不出不滿一尺

de shǒu zhǎng？yú shì dā ying le，tā tiào dào rú lái de shǒu
的手掌？於是答應了，他跳到如來的手

xīn shang，yì lián fān le jǐ gè jīn dǒu。tū rán，tā kàn
心上，一連翻了幾個筋斗。突然，他看

jiàn qián miàn yǒu wǔ gēn gāo gāo de zhù zi，xīn li xiǎng dào：
見前面有五根高高的柱子，心裏想道：

wǒ kě néng yǐ dào tiān biān le，wǒ zài zhè lǐ liú gè jì
我可能已到天邊了，我在這裏留個記

hao，miǎn de dào shí tā men bú rèn zhàng。sūn wù kōng bá gēn
號，免得到時他們不認賬。孫悟空拔根

háo máo，biàn chū yì zhī bǐ，zài zhù zi shang xiě xià「qí
毫毛，變出一支筆，在柱子上寫下「齊

tiān dà shèng dào cǐ yì yóu」jǐ gè zì，hái sā le yì pāo
天大聖到此一遊」幾個字，還撒了一泡

niào
尿。

然後孫悟空一個筋斗雲回來，對

如來說：「我早就翻出你的手掌心了，

你說話算話，要讓我當玉皇大帝。」如

來笑罵道：「你這隻猴子，根本沒有逃

出我的手掌，你看看這裏。」孫悟空低

頭一看，只見如來的手指上寫着「齊天

大聖到此一遊」，指縫裏還有些猴尿的

臊味。他才大吃一驚，原來自己還在如

來的手掌裏，轉身想逃走。如來把手掌

一翻，五根手指變成五行山，把孫悟空

壓在山底下，他還寫了一張符帖，叫弟

子貼在山上。這符帖法力無邊，貼在山

頂，五行山像生了根一樣，任何人也移

不動。

孫悟空拜師

時光飛逝，匆匆五百年，中國皇帝唐太宗派僧人唐僧到西天取經。這天，唐僧來到五行山前，看見山腳下露出一個猴頭向他高聲喊叫：「師父，師父，快救我！我可以護你去西天取經。」唐僧說：「我怎樣才能救你出來呢？」孫悟空說：「師父，你只要把山上的符帖揭下來，我就能出來了。」

唐僧抬頭果然看到一張符帖。他上到山頂，輕輕一揭，就把它揭下了。接着，只聽見一聲巨響，孫悟空從山底下

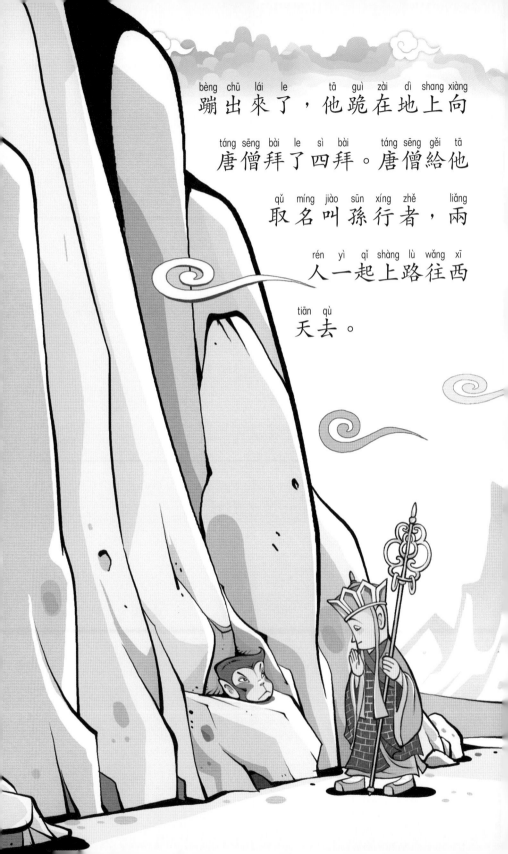

bèng chū lái le　　tā guì zài dì shang xiàng
蹦出來了，他跪在地上向

táng sēng bài le sì bài　　táng sēng gěi tā
唐僧拜了四拜。唐僧給他

qǔ míng jiào sūn xíng zhě　　liǎng
取名叫孫行者，兩

rén yì qǐ shàng lù wǎng xī
人一起上路往西

tiān qù
天去。

師徒二人走了幾天，來到一座森林邊，突然，從森林裏走出幾個強盜，來搶他們的行李。孫悟空掄起金箍棒就一頓亂打，把幾個強盜全部打死了。唐僧十分生氣，訓斥道：「你怎麼一下子就把人打死呢？這樣無故傷人怎麼當出家人！」

孫悟空最受不得氣，唐僧責罵他的話，讓他又生氣又委屈，就賭氣走了，唐僧只好牽着馬獨自往西繼續走。

走了一會，唐僧遇見喬裝打扮的觀音菩薩，觀音把一件衣服和一頂金帽子交給唐僧，又教他唸一篇「緊箍咒」，

ràng tā yòng zhè ge lái guǎn shù sūn wù kōng
讓他用這個來管束孫悟空。

sūn wù kōng zǒu le yí duàn lù　jué de zì jǐ bù yīng
孫悟空走了一段路，覺得自己不應

gāi diū xià shī fu　yú shì yòu huí lái zhǎo táng sēng
該丟下師父，於是又回來找唐僧。

táng sēng ràng tā chuān shàng yī fu　dài shàng jīn mào zi
唐僧讓他穿上衣服，戴上金帽子，

rán hòu niàn le yí biàn jǐn gū zhòu　nà jīn mào zi lì kè biàn
然後唸了一遍緊箍咒，那金帽子立刻變

成一個金箍，緊緊套在孫悟空的頭上，

孫悟空頭痛得像裂開一樣，抱着頭直喊

饒命：「師父，我一定誠心誠意保護你

上西天取經。」唐僧聽了就停下來不

唸，孫悟空的頭立即不痛了。從此，孫

悟空再也不敢不乖乖的跟着唐僧了。

弟子齊聚取經隊

孫悟空保護唐僧西行，這天，他們來到鷹愁澗。突然，從澗裏冒出一條大白龍，把唐僧的馬吞了下去。孫悟空生氣極了，掄起金箍棒，和白龍打起來。

正打得激烈時，觀音來了，白龍立刻變成一個小伙子，跪下參拜觀音。

原來，這條白龍是西海龍王的三太子，因為犯了錯，所以被罰守在這裏等候唐僧。觀音把白龍變成一匹白馬，給唐僧當坐騎，幫助唐僧去西天取經，將功贖罪。於是，唐僧、孫悟空和白龍馬告別

了觀音，繼續往西天去取經。

這天傍晚，唐僧師徒來到一個叫高老莊的村子。村子裏有個高太公，他有一個女兒，三年前給她誤招了一個妖怪女婿，近日給妖怪關在後園的房子裏，不得見面，高太公為此十分傷心，卻不知怎麼辦。孫悟空對

高太公說：「你放心吧，今天我一定抓住妖怪，你先帶我到後園的房子裏。」

孫悟空救出高太公的女兒，將自己變成那位小姐，坐在房間裏。半夜，妖怪回來了，孫悟空馬上變回原來的樣子，妖怪認出孫悟空就是當年大鬧天宮的那隻猴子，轉身就跑。孫悟空立即向妖怪追去。

妖怪逃到一座山上，孫悟空很快跟了上來。妖怪逃不掉了，只好拿出一把九齒釘耙，和孫悟空對打起來。打了幾個回合，妖怪根本不是孫悟空的對手，被孫悟空一把抓住審問起來。那妖怪

原來是天上的
神仙，因為犯了
錯，被貶下凡間，
誤投豬胎，才生成豬
相。觀音叫他做唐僧的弟
子，跟隨唐僧去西天取
經來贖罪。唐僧聽
了很高興，收他
做了徒弟，取名豬八戒。豬八戒很喜歡
這個名字，趕快拜孫悟空為師兄。

這一天，唐僧師徒來到一條大河

邊，河水流得很急，大家被擋住了路。

這條河叫流沙河，河裏住着一個妖怪，

他從河中跳出來，想要吃掉唐僧。孫悟

空、豬八戒和那妖怪打起來，那妖怪打

不過他們，便躲到河裏不肯出來。唐僧

師徒無法過河，孫悟空只好去請觀音幫

忙。觀音告訴孫悟空，這妖怪也是天上

犯了錯的捲簾大將軍，她叫他守候在流

沙河，等到唐僧來時跟唐

僧去西天取經，

以作贖罪。她叫弟子幫助孫悟空把妖怪

叫上河來，那妖怪拜了唐僧為師。唐僧

給妖怪取名沙和尚，沙和尚拜孫悟空和

豬八戒為師兄。大家一起往西天取經去

了。

偷食人參果

光陰似箭，唐僧師徒四人來到萬壽山。萬壽山頂有座五莊觀，觀裏住着一位神仙，名叫鎮元子。這天，鎮元大仙有事不在五莊觀。唐僧他們來到觀門前，道童清風、明月把他們帶進觀裏，從人參果樹上摘來兩個人參果獻給唐僧吃。人參果長得像個小孩，唐僧連忙搖手說：「我是出家人，不吃孩子的。」

明月說：「這不是人，是人參果，這果九千年才熟一次，吃一個就能活到四萬七千歲！」但是無論明月怎麼說，唐僧

<ruby>還<rt>hái</rt></ruby><ruby>是<rt>shi</rt></ruby><ruby>不<rt>bù</rt></ruby><ruby>肯<rt>kěn</rt></ruby><ruby>吃<rt>chī</rt></ruby>，<ruby>最<rt>zuì</rt></ruby><ruby>後<rt>hòu</rt></ruby>，<ruby>清<rt>qīng</rt></ruby><ruby>風<rt>fēng</rt></ruby><ruby>和<rt>hé</rt></ruby><ruby>明<rt>míng</rt></ruby><ruby>月<rt>yuè</rt></ruby><ruby>便<rt>biàn</rt></ruby><ruby>把<rt>bǎ</rt></ruby><ruby>人<rt>rén</rt></ruby>

還是不肯吃，最後，清風和明月便把人

shēn guǒ ná zǒu le

參果拿走了。

zhū bā jiè jiàn shī fu méi chī rén shēn guǒ qí shí tā

豬八戒見師父沒吃人參果，其實他

zǎo jiù chán de kǒu shuǐ zhí liú yú shì sǒng yǒng sūn wù kōng qù

早就饞得口水直流，於是慫恿孫悟空去

tōu jǐ gè lái cháng chang yè li sūn wù kōng qiāo qiāo lái dào

偷幾個來嘗嘗。夜裏，孫悟空悄悄來到

zhǎng yǒu rén shēn guǒ shù de yuàn zi li zhāi le sān gè rén shēn

長有人參果樹的院子裏，摘了三個人參

guǒ qiāo qiāo huí dào wū li hé bā jiè shā sēng yì rén

果，悄悄回到屋裏，和八戒、沙僧一人

一個高興地吃了。第二天，清風和明月去巡查時，發現人參果少了，就去向唐僧告狀。唐僧很生氣，把孫悟空狠狠地罵了一頓。孫悟空一氣之下，跑到院子裏，掄起金箍棒把人參

果統統打落下來，最後把人參果樹也連根拔掉了。

這時，鎮元大仙回來了。他看見人參果樹被推倒，十分生氣。唐僧連忙向鎮元大仙道歉，可是鎮元大仙根本不接受他的道歉，一定要懲罰他們師徒。

孫悟空怕連累師父，就叫鎮元大仙懲罰自己，鎮元大仙用皮鞭抽打他，但他一點也不痛。孫悟空拿出如意金箍棒，對準鎮元大仙就打過去。鎮元大仙法力無邊，他袖子一揮，就把孫悟空他們抓住了，孫悟空只好答應三天之內，救活人參果樹。

孫悟空四處尋找救活人參果樹的辦法，他駕着筋斗雲到天上問了許多神仙，他們都說樹死不能復活。最後，孫悟空只好去南海找觀音菩薩，求觀音幫他忙。觀音和孫悟空一起回到五莊觀，拿出淨瓶，灑下「甘露水」，人參果樹就活了。鎮元大仙很高興，請唐僧師徒和各位神仙品嘗人參果，最後還和孫悟空結拜為兄弟。

西遊記

三打白骨精
sān dǎ bái gǔ jīng

離開五莊觀，唐僧師徒四人來到
lí kāi wǔ zhuāng guàn　táng sēng shī tú sì rén lái dào

一座荒山。唐僧覺得有點餓，就叫孫悟
yí zuò huāng shān　táng sēng jué de yǒu diǎn è　jiù jiào sūn wù

空去找些吃的。孫悟空一個筋斗翻到天
kōng qù zhǎo xiē chī de　sūn wù kōng yí gè jīn dǒu fān dào tiān

上。他站在雲上低頭觀望，只見南邊一
shàng　tā zhàn zài yún shang dī tóu guān wàng　zhǐ jiàn nán bian yí

座山上有一片桃林，樹上結滿了桃子。
zuò shān shang yǒu yí piàn táo lín　shù shang jiē mǎn le táo zi

孫悟空十分高興，騰雲駕霧去那座山上
sūn wù kōng shí fēn gāo xìng　téng yún jià wù qù nà zuò shān shang

摘桃子。
zhāi táo zi

這座山上有個妖怪，叫白骨精，
zhè zuò shān shang yǒu gè yāo guài　jiào bái gǔ jīng

知道去西天取經的唐僧要從這裏經過，
zhī dào qù xī tiān qǔ jīng de táng sēng yào cóng zhè lǐ jīng guò

早就打算吃唐僧肉。白骨精見孫悟空走
zǎo jiù dǎ suàn chī táng sēng ròu　bái gǔ jīng jiàn sūn wù kōng zǒu

了，就變成一個年輕漂亮的少女，提着
le　jiù biàn chéng yí gè nián qīng piào liang de shào nǚ　tí zhe

fàn cài　　　lái dào táng sēng tā men miàn qián
飯菜，來到唐僧他們面前。

bái gǔ jīng jiǎ zhuāng sòng fàn　 xiǎng àn
白骨精假裝送飯，想暗

zhōng bǎ táng sēng zhuā zǒu　　 tā kàn jiàn táng
中把唐僧抓走。她看見唐

sēng　　jiù qǐng tā men chī fàn　　táng sēng
僧，就請他們吃飯。唐僧

yì biān gǎn xiè yì biān tuī cí　 zhū
一邊感謝一邊推辭，豬

bā jiè què zǎo jiù chán de zhí liú kǒu
八戒卻早就饞得直流口

shuǐ　 ná qǐ lái jiù zhǔn bèi
水，拿起來就準備

chī
吃。

正在這時，孫悟空帶着桃子回來了。他一眼就認出少女是妖精，舉起金箍棒，對準她一棒打下去。白骨精用了法術，把假身留在地上，自己化成一股青煙飄走了。

唐僧認為孫悟空無故打死人，非常生氣，要把孫悟空趕走。孫悟空跪在地上苦苦解釋哀求，唐僧才答應不趕他走，但要孫悟空答應不再殺人。

白骨精逃走以後，又變成一個老太婆，手拄着拐杖，朝唐僧他們走來。白骨精走到唐僧面前，孫悟空一眼就認出老太婆也是白骨精變的，舉起金箍棒就

打下去。白骨精又使了一個法術，化作一陣陰風逃走了，地上只留下老太婆的假屍首。

唐僧見孫悟空又無故打死人，就唸起緊箍咒，孫悟空痛得在地上滾來滾去。唐僧又要趕走孫悟空，孫悟空苦苦哀求，唐僧才勉強答應留下孫悟空，但要求孫悟空不可以再亂殺人。

但是，那白骨精搖身又變成了一個老頭，拄着拐杖，站在山坡上，一邊唸經，一邊哭泣。孫悟空這一次看得更真確，認出那老頭又是白骨精變的，他滿腔怒火，拿起金箍棒，一下真的把白骨

jīng dǎ sǐ le　　táng sēng
精打死了。唐僧

shí fēn shēng qì　　zhè cì tā bù guǎn sūn
十分生氣，這次他不管孫

wù kōng zěn me āi qiú　　yí dìng yào
悟空怎麼哀求，一定要

bǎ tā gǎn zǒu
把他趕走。

孫悟空沒有辦法，含淚跪下朝唐僧

拜了一拜，又囑咐豬八戒和沙和尚好好

保護唐僧，然後才一個筋斗飛回花果山

去了。

黃袍怪劫唐僧

孫悟空走了以後，唐僧、豬八戒和沙和尚繼續趕路。幾天後，他們來到一片黑松林邊，唐僧叫豬八戒去找吃的，豬八戒走累了躺在一塊草地上休息，結果睡着了。唐僧見豬八戒去了半天沒有回來，就獨自走出黑松林，看見了一座寶塔，就向着寶塔走去。忽然，一個美麗的女子走了出來。這女子原來是寶象國的公主，十三年前被黃袍怪搶進山洞。公主請求唐僧到寶象國報信，讓國王派兵來救她。於是唐僧聯同豬八戒和

沙和尚一起來到寶象國，把公主的事情
告訴了國王。國王十分傷心，請唐僧前
去救公主。唐僧派豬八戒和沙和尚，向
那黃袍怪挑戰。哪知道豬八戒和沙和尚
都不是黃袍怪的對手，沙和尚被擒，豬
八戒也落荒而逃。這時黃袍怪變成一位
英俊的年輕人，來到寶象國，誣衊唐僧

cái shì qiǎng zǒu gōng zhǔ de yāo guài bìng yòng mó fǎ bǎ táng sēng
才是搶走公主的妖怪，並用魔法把唐僧

biàn chéng le yì zhī lǎo hǔ guó wáng xià huài le bìng xiāng xìn
變成了一隻老虎。國王嚇壞了，並相信

le huáng páo guài de huà jǐ gè dà dǎn de wǔ jiàng chōng shàng
了黃袍怪的話。幾個大膽的武將衝上

qù bǎ biàn chéng lǎo hǔ de táng sēng kǔn le qǐ lái guān zài
去，把變成老虎的唐僧捆了起來，關在

lóng zi li
籠子裏。

大戰黃袍怪

黃袍怪在王宮裏開懷暢飲，喝醉了酒，顯出妖怪的原形。豬八戒想去救師父，可自己又打不過黃袍怪，白龍馬便獻計叫他到花果山請孫悟空幫忙。豬八戒說了唐僧被黃袍怪抓走的經過，孫悟空一聽，非常生氣，馬上和豬八戒去找黃袍怪算賬，要救回唐僧。

孫悟空和豬八戒來到黑松林，孫悟空拿出金箍棒，一陣亂打，把小妖們打得到處逃竄。他們救出沙和尚和寶象國公主。有幾個逃跑的小妖來到寶象國，

<ruby>告<rt>gào</rt></ruby><ruby>訴<rt>su</rt></ruby><ruby>黃<rt>huáng</rt></ruby><ruby>袍<rt>páo</rt></ruby><ruby>怪<rt>guài</rt></ruby><ruby>孫<rt>sūn</rt></ruby><ruby>悟<rt>wù</rt></ruby><ruby>空<rt>kōng</rt></ruby><ruby>來<rt>lái</rt></ruby><ruby>了<rt>le</rt></ruby>。

<ruby>黃<rt>huáng</rt></ruby><ruby>袍<rt>páo</rt></ruby><ruby>怪<rt>guài</rt></ruby><ruby>一<rt>yì</rt></ruby><ruby>聽<rt>tīng</rt></ruby>，<ruby>連<rt>lián</rt></ruby><ruby>忙<rt>máng</rt></ruby><ruby>趕<rt>gǎn</rt></ruby><ruby>回<rt>huí</rt></ruby><ruby>黑<rt>hēi</rt></ruby><ruby>松<rt>sōng</rt></ruby>

<ruby>林<rt>lín</rt></ruby>。<ruby>他<rt>tā</rt></ruby><ruby>來<rt>lái</rt></ruby><ruby>到<rt>dào</rt></ruby><ruby>洞<rt>dòng</rt></ruby><ruby>口<rt>kǒu</rt></ruby>，<ruby>碰<rt>pèng</rt></ruby><ruby>到<rt>dào</rt></ruby><ruby>豬<rt>zhū</rt></ruby><ruby>八<rt>bā</rt></ruby>

<ruby>戒<rt>jiè</rt></ruby><ruby>和<rt>hé</rt></ruby><ruby>沙<rt>shā</rt></ruby><ruby>和<rt>hé</rt></ruby><ruby>尚<rt>shàng</rt></ruby>，<ruby>三<rt>sān</rt></ruby><ruby>人<rt>rén</rt></ruby><ruby>打<rt>dǎ</rt></ruby><ruby>了<rt>le</rt></ruby><ruby>幾<rt>jǐ</rt></ruby><ruby>十<rt>shí</rt></ruby><ruby>個<rt>gè</rt></ruby><ruby>回<rt>huí</rt></ruby><ruby>合<rt>hé</rt></ruby>，<ruby>豬<rt>zhū</rt></ruby>

<ruby>八<rt>bā</rt></ruby><ruby>戒<rt>jiè</rt></ruby><ruby>和<rt>hé</rt></ruby><ruby>沙<rt>shā</rt></ruby><ruby>和<rt>hé</rt></ruby><ruby>尚<rt>shàng</rt></ruby><ruby>假<rt>jiǎ</rt></ruby><ruby>裝<rt>zhuāng</rt></ruby><ruby>打<rt>dǎ</rt></ruby><ruby>不<rt>bú</rt></ruby><ruby>過<rt>guò</rt></ruby><ruby>黃<rt>huáng</rt></ruby><ruby>袍<rt>páo</rt></ruby><ruby>怪<rt>guài</rt></ruby>，<ruby>逃<rt>táo</rt></ruby>

<ruby>走<rt>zǒu</rt></ruby><ruby>了<rt>le</rt></ruby>。<ruby>黃<rt>huáng</rt></ruby><ruby>袍<rt>páo</rt></ruby><ruby>怪<rt>guài</rt></ruby><ruby>以<rt>yǐ</rt></ruby><ruby>為<rt>wéi</rt></ruby><ruby>打<rt>dǎ</rt></ruby><ruby>敗<rt>bài</rt></ruby><ruby>了<rt>le</rt></ruby><ruby>他<rt>tā</rt></ruby><ruby>們<rt>men</rt></ruby>，<ruby>非<rt>fēi</rt></ruby><ruby>常<rt>cháng</rt></ruby><ruby>高<rt>gāo</rt></ruby>

興，得意洋洋地走進山洞。

這時，孫悟空已變成公主，出來迎接黃袍怪。黃袍怪見了公主，很高興，拉着公主一起走進山洞。剛進洞，孫悟空就把臉一變，馬上現出原形。孫悟空掄起金箍棒，對準妖怪打去。兩方打得難分難解，大戰幾十回合。突然，孫悟空對準黃袍怪劈頭一棒，黃袍怪抵擋不住，急忙逃走了。

孫悟空追到天宮，查出那黃袍怪是天上二十八星宿裏的奎星。玉皇大帝知道了，派神仙下凡，收服了黃袍怪，將他帶回天宮。孫悟空、豬八戒和沙和尚

三人來到寶象國，救出唐僧，並將他變
回原來的模樣。唐僧知道自己以前誤會
了孫悟空，向孫悟空道了歉。寶象國國
王和公主非常感謝唐僧師徒四人，設宴
款待他們，大家都開心極了。

初遇銀角大王

西方路上，一山更比一山險。唐僧師徒四人來到平頂山。得知平頂山上有個蓮花洞，洞裏住着兩個妖怪，哥哥叫金角大王，弟弟叫銀角大王。金角大王和銀角大王十分厲害，他們有個寶葫蘆，法力無邊。孫悟空讓豬八戒前去探路，豬八戒答應一聲就去了。孫悟空知道他惰性不改，轉身變成一隻小蟲，躲在豬八戒耳朵後面，看豬八戒會不會偷懶，就叮他一口。可是豬八戒還是睡了一會兒，孫悟空變的小蟲立刻咬豬八

戒，豬八戒渾身發癢，氣得爬起來往回

走。豬八戒回來，對唐僧說了一通謊

話，可這些全被孫悟空提前告訴唐僧

了。豬八戒這才知道孫悟空一直跟着

自己，只好羞愧地再去探路。這

次，豬八戒走到半山

腰，就遇上銀

角大王，被他抓走了。

唐僧見豬八戒去了很久都沒有回

來，就叫孫悟空去找豬八戒。孫悟空領

着唐僧一行來到半山腰，碰到一個有腿

傷的老道士，那老道士其實是銀角大王

變的。唐僧叫孫悟空背着老道士走，孫

悟空一眼看出老道士是妖怪，把妖怪背

在背上準備摔死他。銀角大王使用法

術，用三座大山把孫悟空壓住，然後抓住唐僧和沙和尚。金角大王看到銀角大王抓回唐僧，十分高興，設宴為銀角大王慶功。銀角大王一邊喝酒，一邊對金角大王說：「等我抓住孫悟空後，我們再吃唐僧肉。」

大戰銀角大王

這時，金角大王派出兩個小妖，拿着寶葫蘆，去抓孫悟空。孫悟空已經唸咒語，把壓在身上的大山移走了，又變成一個老道士，問小妖寶葫蘆有什麼用處，小妖答只要把葫蘆口向下，向誰喊一聲，誰就會被吸到寶葫蘆裏。寶葫蘆十分神奇，只要被裝在裏面一時三刻，人就會化成膿血。

孫悟空想到一個好辦法，他拔出一根毫毛變出一個假葫蘆，裝腔作勢把真葫蘆從小妖身上換走了。孫悟空拿了

真葫蘆跑到山洞外，在洞口大叫：「妖怪，我叫你一聲，你敢應麼？」小妖聽到後急忙去報告。銀角大王走出山洞，看見孫悟空，大吃一驚，又拿出寶葫蘆，連喊了幾聲，可孫悟空一動也不動。孫悟空哈哈大笑起來，拿出真葫

蘆。銀角大王非常生氣，兇狠地拔出兵器，朝孫悟空刺去。孫悟空也掄起金箍棒，和銀角大王大戰起來。

幾百個回合後，銀角大王逐漸打不過孫悟空了。他一聲令下，幾百個小妖一衝上來，把孫悟空圍在中間。孫悟空拔下幾根毫毛，放在嘴裏嚼了嚼，毫毛變出了千百個小孫悟空。小孫悟空十分神勇，把小妖打得到處逃跑。銀角大王一見要輸了，轉身就逃，孫悟空一個筋斗，趕到銀角大王前面。叫了一聲「銀角大王」，銀角大王應了一聲，立刻被收進葫蘆裏。這時，太上老君來了。原

來，金角大王和銀角大王是老君的兩個仙童，趁老君不注意，偷了寶葫蘆，跑到人間作惡。太上老君帶着他們回了天宮。孫悟空救出唐僧、豬八戒和沙和尚，四人繼續往西天取經。

烏雞國除妖

在取經路上，唐僧師徒已經走了四五年，這天，來到烏雞國。烏雞國國王三年前因為誤信一個道士，招他入宮廷，結成兄弟，卻被這道士用魔法害死了，並把他埋在井裏，這道士變成國王的模樣，當上國王。唐僧師徒到達烏雞國的晚上，唐僧做了個夢，夢見有個人來到他面前。那人正是烏雞國原來的國王，他告訴唐僧自己被妖怪害死的經過。然後，他拿出一隻白玉環給唐僧作證物，請唐僧為他報仇。唐僧答應了。

那人謝過唐僧後，就離開了。唐僧從夢中猛然醒過來，看見手裏的白玉環，忙把夢中的故事說給孫悟空聽，叫孫悟空查探清楚，為國王報仇。

第二天，孫悟空跳到雲上，觀察京城的情況，發現京城上空聚集層層妖氣，果然有妖怪。正在這時，城門打開了，太子正帶領一班人馬去郊外打獵。

於是，孫悟空決定把真相告訴太子，為國王報仇。他變成一隻白兔來到郊外，太子見了白兔就追。孫悟空把太子引到唐僧住的廟裏。太子走進廟裏，看見唐僧手裏拿着父親的白玉環，十分吃驚。唐僧便把國王被害的事告訴了太子。

太子不太相信，拿着白玉環回宮問王后。王后那天夜裏也夢見了國王，於是就把夢見國王的事也告訴了太子。太

子立刻來到廟裏叩見唐僧，請唐僧為父
王報仇，除掉妖怪。

　　孫悟空來到王宮的後花園，豬八戒
從一口枯井裏撈出了國王的屍首。孫悟
空到太上老君那裏，取來「還魂丹」，
救活了國王。隨後唐僧師徒和國王來到

wáng gōng，yāo guài zhèng zuò zài wáng wèi shang，jiē shòu bǎi guān de
王宮，妖怪正坐在王位上，接受百官的

cháo bài。sūn wù kōng jǔ qǐ jīn gū bàng dǎ sǐ le yāo guài
朝拜。孫悟空舉起金箍棒打死了妖怪，

yuán lái de guó wáng zhōng yú yòu dāng shàng le guó wáng
原來的國王終於又當上了國王。

八戒哭師父

離開烏雞國後，唐僧師徒四人繼續往西天取經。這天，他們來到一座山前，大家肚子餓了，叫豬八戒去找些吃的。豬八戒沿路走去，正好碰到三個送飯的和尚。豬八戒十分高興，向他們要了一些吃的，準備先大吃一頓之後，再帶些飯回去。可是，這些和尚卻是妖怪變的，他們顯出原形，要抓豬八戒。妖怪本領高強，豬八戒根本打不過，正要被妖怪抓住時，孫悟空出現了，舉起金箍棒把妖怪打跑了。

妖怪回去後，很不甘心。決定想辦法抓住唐僧，他終於想出一條計策。他選出三個小妖，變成自己的模樣，藏在小路旁。不久，唐僧師徒經過時，三個小妖就分別引開了孫悟空、豬八戒、沙和尚，真老妖則抓走了唐僧。

豬八戒回來見師父不在，急得到處
zhū bā jiè huí lái jiàn shī fu bú zài　jí de dào chù

找，最後，在妖怪的洞口看見唐僧躺在
zhǎo　zuì hòu　zài yāo guài de dòng kǒu kàn jiàn táng sēng tǎng zài

地上，沒有氣息了。豬八戒不知道那是
dì shang　méi yǒu qì xī le　zhū bā jiè bù zhī dào nà shì

妖怪變出來的假唐僧，傷心地把假唐僧
yāo guài biàn chū lái de jiǎ táng sēng　shāng xīn de bǎ jiǎ táng sēng

埋了。沙和尚打死小妖回來，聽說師父
mái le　shā hé shàng dǎ sǐ xiǎo yāo huí lái　tīng shuō shī fu

被妖怪打死了，也跪在墳前大哭起來。
bèi yāo guài dǎ sǐ le　yě guì zài fén qián dà kū qǐ lái

孫悟空打死小妖，發現上了當，
sūn wù kōng dǎ sǐ xiǎo yāo　fā xiàn shàng le dàng

忙到妖怪洞裏去找師父。他變成一隻蜜蜂，飛進洞裏，看見老妖正在指揮小妖練兵。孫悟空拔出毫毛嚼碎，變出無數瞌睡蟲，向妖怪們撒去。妖怪們碰到瞌睡蟲後一個個都很快睡着了。孫悟空在洞裏找到唐僧，趕快背起他跑出洞去。

豬八戒和沙和尚看見唐僧回來了，十分驚喜。最後，師兄弟三個又來到妖洞，把妖怪打得死的死，逃的逃。老妖也被孫悟空用金箍棒打死，原來是一隻花豹精。

火雲洞遇妖

跟着，師徒四人路過火雲洞，突然，聽到一陣呼救聲，他們循着聲音找過去，只見一個小男孩被吊在樹上。唐僧趕緊走上前，把小男孩從樹上放下來，並叫孫悟空背着他。

孫悟空早已看出小男孩是妖怪變的，想辦法要把他摔死。妖怪早已知覺，他吸了幾口氣，吹在孫悟空背上。

孫悟空頓時覺得背上像背了一座大山，而且越背越重。孫悟空氣得把妖怪往石頭上一摔，妖怪化作一道紅光，跳到半

空，把唐僧捲
走了。

原來這個妖怪叫
紅孩兒，是牛魔王的
兒子。他把唐僧帶回火雲
洞，正準備殺唐僧時，孫悟

空、豬八戒趕來了。他們打得難分勝
負。

紅孩兒知道打不贏，就開始唸咒
語，只見從他嘴巴裏噴出一股很大的火
燄。孫悟空一個筋斗避開了火燄。豬八
戒也立刻逃開了。

孫悟空離開火雲洞，來到東海找龍
王。他想用水來澆滅火，龍王爽快地
答應。孫悟空帶着蝦兵蟹將，來到火雲
洞。

紅孩兒張開嘴，吐出一團火燄。蝦
兵蟹將急忙下起大雨，但是雨澆在火燄
上，不但沒熄滅，反而越燒越旺。原來

hóng hái ér tǔ de shì sān mèi zhēn huǒ
紅孩兒吐的是三昧真火，

sūn wù kōng zhǐ hǎo xiān táo zǒu　　hóng hái ér
孫悟空只好先逃走。紅孩兒

shí fēn dé yì　　huí dào dòng zhōng　　zhǔn bèi bǎ táng sēng zhǔ le
十分得意，回到洞中，準備把唐僧煮了

lái chī
來吃。

大戰紅孩兒

其實孫悟空並未逃走，他變成蒼蠅，鑽進火雲洞查看情況。紅孩兒正要兩個小妖去請父親牛魔王來吃唐僧肉。

五百年前，孫悟空曾和牛魔王是結拜兄弟。聽說要去請牛魔王，孫悟空忙飛出火雲洞，變成牛魔王的樣子在半路等那兩個小妖。遇到假的牛魔王時，兩個小妖連忙跪下，請他去吃唐僧肉。孫悟空於是跟着小妖來到火雲洞。紅孩兒見父親來了，非常高興，並沒發現牛魔王是假的。

不過，當紅孩兒聽小妖說在半路上
遇到牛魔王時，便暗自懷疑起來。紅孩
兒假裝忘記自己的生日，問孫悟空道：
「父王，還記得孩兒的生日嗎？」孫悟
空答不出來，只好說：「我年老健忘，
等以後去問你的母親吧！」紅孩兒見孫

wù kōng dá bù chū lái　　jiù yǐ jing zhī dào zhè niú mó wáng shì
悟空答不出來，就已經知道這牛魔王是

jiǎ de　　tā xià lìng xiǎo yāo men shā le sūn wù kōng　　sūn wù
假的。他下令小妖們殺了孫悟空。孫悟

kōng xiàn chū yuán xíng　　hā hā xiào zhe zǒu le
空現出原形，哈哈笑着走了。

lí kāi huǒ yún dòng hòu　　sūn wù kōng
離開火雲洞後，孫悟空

直奔南海，去請觀音菩薩降伏紅孩兒。

觀音從淨瓶裏灑下幾滴甘露水，瞬間澆

滅了烈火。紅孩兒見三昧真火被澆滅，

急忙逃走。觀音把寶蓮台拋向紅孩兒，

寶蓮台長出倒鈎來，把紅孩兒雙手、雙

腳套住，動一動即皮開肉綻。紅孩兒拼

命掙扎不開，只好認輸了。他跪下哀求

並願意拜觀音為師，然後隨觀音一起走

了。孫悟空救出唐僧，師徒四人繼續去

西天取經。

三妖伏誅

唐僧師徒又往前走，這天來到車遲

國邊界。忽然，前面傳來一陣陣驚心動

魄的呼喊聲，孫悟空跳到雲上，只見一

羣和尚正用力拉車上一個陡峭的山坡。

原來，十年前車遲國旱災，虎力、羊

力、鹿力大仙三個道士來求雨，結果雨

來了。他們得到國王的寵信，管治着全

國的和尚，強迫他們做苦工。孫悟空聽

說後，非常氣憤，決定要好好教訓這三

個道士。

當天晚上，孫悟空、豬八戒、沙和

尚悄悄地來到三清觀，他們看
見供台上擺着許多誘人的供
品，忍不住便吃起來。這時，
觀裏的一個小道士聽到殿裏
有笑聲，連忙報告三位大
仙。孫悟空三人連
忙假扮做三尊神
像，又撒尿戲弄了
三個道士一番。

第二天，唐僧師徒四人來到王宮，

三個道士連忙向國王告狀。正好有農夫

來求見國王，報告整個春天都沒有雨，

國王於是請唐僧和三個道士鬥法求雨。

虎力大仙登上祭壇，唸起咒語，不一會

便颳起了風。孫悟空連忙跳到空中，向

管風雨的神仙說明原因，並請他們聽候

他的命令。不一會兒，剛才還狂風呼呼

的天空變得天晴了。虎力大仙只好謊稱

龍神不在家，所以雨不下來。接下來，

孫悟空扶唐僧登上祭壇，自己暗中呼喚

天神，天空一會兒就下起了大雨。

虎力大仙又要和唐僧比高台打坐。

坐了一會，鹿力大仙拔根短髮，變成一隻臭蟲，彈到唐僧頭上，咬得唐僧又癢又痛。孫悟空連忙變成一條小蟲，趕走那臭蟲，

然後變成一條蜈蚣，狠狠地咬虎力大仙一口。虎力大仙再也坐不穩，一頭從高台上摔了下來。虎力大仙還是不服氣，提出要和孫悟空比砍頭。劊子手一刀砍下孫悟空的頭，但是他脖子上立刻又長出一個頭。輪到虎力大仙時，他的頭剛被砍下來，孫悟空就拔根毫毛變成黃狗，叼走了他的頭。虎力大仙死了，原來他是一隻老虎。

鹿力大仙見虎力大仙死了，又氣又急，決定和孫悟空比剖腹。劊子手把孫悟空的肚皮割開，他卻安然無恙。劊子手又把鹿力大仙的肚皮割開，孫悟空拔

gēn háo máo biàn chū yì tóu yīng bǎ lù
根毫毛變出一頭鷹，把鹿

lì dà xiān de cháng zàng diāo zǒu le lù
力大仙的腸臟叼走了。鹿

lì dà xiān dǎo dì sǐ le yuán lái tā shì
力大仙倒地死了，原來他是

lù biàn de
鹿變的。

yáng lì dà xiān jué dìng hé
羊力大仙決定和

sūn wù kōng bǐ xià yóu guō sūn wù
孫悟空比下油鍋。孫悟

kōng tiào jìn yóu guō bìng bú jiàn tàng shāng
空跳進油鍋，並不見燙傷

pí ròu bù yí huì er ān quán de
皮肉，不一會兒安全地

跳出來。羊力大仙跳進油鍋，暗中放一

條冷龍在鍋底，孫悟空命龍王撤去冷

龍。羊力大仙立刻被燙死了，原來他是

一隻羊。國王終於知道三個道士是妖怪

變的，他又下令放了那些被迫做苦工的

和尚，並向唐僧師徒道歉，讓他們過關

了。

通天河遇妖

不覺又是秋天，唐僧師徒來到通天河邊，滾滾的通天河水擋住了他們，他們只好來到河邊的村子裏先住下。村民告訴他們，通天河裏有個妖怪，村民每年都要輪流獻一個男孩、一個女孩作為祭品，才能求到雨，使農作物有好收成。孫悟空聽後非常氣憤，他和豬八戒變成兩個男女小孩，由村民把他們抬到通天河邊，準備殺死妖怪。突然，一陣狂風颳起來，一個身披鱗甲的妖怪出現，豬八戒害怕極了，現出真面目，舉

起釘耙向妖怪砸去。孫悟空跳到半空，掄起金箍棒，打向妖怪。妖怪沒有兵器隨身，嚇得轉身逃回通天河裏。妖怪想出妙計要活捉唐僧，於是施法令通天河

jié bīng
結冰。

dì èr tiān　 tiān xià qǐ le dà xuě　 xiàn zài cái
第二天，天下起了大雪，現在才

shì qiū tiān　　dà jiā dōu gǎn dào hěn qí guài　 dì sān tiān
是秋天，大家都感到很奇怪。第三天，

tōng tiān hé jiù jié le hòu hòu de bīng　 táng sēng sì rén jué dìng
通天河就結了厚厚的冰，唐僧四人決定

tā zài bīng shang guò hé　　zǒu dào hé zhōng jiān　 bīng céng hū rán
踏在冰上過河。走到河中間，冰層忽然

liè kāi　　táng sēng diào rù hé zhōng　 bèi yāo guài zhuō zǒu le
裂開，唐僧掉入河中，被妖怪捉走了。

sūn wù kōng hé zhū bā jiè yì qǐ xià hé qù zhǎo táng sēng　　tā
孫悟空和豬八戒一起下河去找唐僧。他

men yóu dào yí zuò lóu qián　 sūn wù kōng biàn chéng yì zhī cháng jiǎo
們游到一座樓前，孫悟空變成一隻長腳

xiā zi　　yí tiào yí tiào de zǒu jìn qù　　duì xiā bīng shuō
蝦子，一跳一跳地走進去，對蝦兵說：

táng sēng xiàn zài zài nǎ li　　xiā bīng máng bǎ tā dài
「唐僧現在在哪裏？」蝦兵忙把他帶

dào cáng táng sēng de dì fang　 sūn wù kōng qiāo qiāo de ān wèi táng
到藏唐僧的地方。孫悟空悄悄地安慰唐

sēng　　ràng tā bú yào jīng huāng　　děng zhuō le yāo guài jiù lái jiù
僧，讓他不要驚慌，等捉了妖怪就來救

tā
他。

sūn wù kōng jiào zhū bā jiè qián qù tiǎo zhàn bǎ yāo guài
孫悟空叫豬八戒前去挑戰，把妖怪

yǐn chū shuǐ miàn zhū bā jiè lái dào shuǐ fǔ yòng dīng pá zá
引出水面。豬八戒來到水府，用釘耙砸

pò dà mén yāo guài dà nù tí qǐ tóng chuí xiàng zhū bā jiè
破大門，妖怪大怒，提起銅錘向豬八戒

打過來。豬八戒假裝打敗，跳出水面，

妖怪緊跟在八戒後面追出來。孫悟空一

看妖怪出水，就舉起金箍棒打下去，那

妖怪又嚇得連忙逃回水裏，無論怎樣挑

戰，都不再出來。孫悟空沒有辦法，只

好去請觀音幫忙。觀音和孫悟空一起來

到通天河，唸起咒語抓住了妖怪，原來

是一條金魚精。孫悟空救出唐僧，一隻

巨龜把他們師徒四人護送過了通天河，

巨龜請唐僧到了西天見如來時，幫牠問

問何時可得人身，唐僧答應了，四人拜

謝後，繼續上路。

青牛怪作怪

唐僧師徒幾度艱險，幾番爭鬥，

來到金峯山。休息時，孫悟空準備去找

些東西吃。他擔心唐僧會出事，就用金

箍棒在地上畫個圈，讓唐僧他們站在圈

內。可是，孫悟空離開很久還沒回來，

唐僧三人等得不耐煩，便走出圈子，結

果被妖怪抓走了。孫悟空回來後，不見

唐僧三人，四處打聽，才知道唐僧被獨

角怪抓走了。孫悟空找到獨角怪打起

來，他用毫毛變出千萬根金箍棒朝妖怪

打去，獨角怪立即取出一個圈子拋向空

中，把金箍棒收走了。

孫悟空只好去天宮向玉皇大帝求

救，玉皇大帝派李天王、哪吒三太子和

孫悟空一起
去抓妖怪。
哪吒和獨角怪打
起來，獨角怪
又拋出圈子，
把哪吒的兵器風火輪
也收走了。孫悟空和李
天王決定去請火神用火
燒那個怪圈，火神放出天
火，卻也被那圈子收走了。

孫悟空請來水神，水神用玉瓶裝了黃河水，倒進山洞。獨角怪用圈子抵住石門，黃河水全部倒流出來，只見山前山後都是滾滾的黃河水。這個圈子實在是太厲害啦！

孫悟空於是決定去偷那圈子。晚上，孫悟空變成一隻蒼蠅，從石縫飛進山洞，妖怪正在呼呼大睡，那圈子套在妖怪的手臂上。孫悟空變成跳蚤，在妖怪的手臂上亂咬。妖怪被咬得又痛又癢，可就是不取下圈子。孫悟空沒有辦法，只好把被妖怪收去的兵器帶走。第二天，獨角怪來到洞外，孫悟空、哪吒

一起拿出兵器，又打了起來。可是，獨角怪再拿出圈子，把孫悟空和哪吒的兵器收走。

孫悟空想了想，只好一個筋斗來到西天，請如來佛祖幫忙。如來讓降龍、

伏虎兩羅漢去幫忙降伏。降龍、伏虎拋出金丹砂，流沙鋪天蓋地向妖怪衝去。

誰知，獨角怪也不着急，他取出圈子，竟然把金丹砂也收走了。這時，降龍羅漢告訴孫悟空，如來要他去太上老君那兒，一定能知道獨角怪的來歷。原來，獨角怪是太上老君的坐騎青牛變的。孫悟空請太上老君把青牛收走了，各人亦得以拿回兵器。

險過女兒國

一年過去了，唐僧師徒這天來到一條河邊，唐僧和豬八戒有些口渴，喝了幾口河水。不一會兒，唐僧和豬八戒的肚子就痛起來。孫悟空也不知道怎麼辦，村裏的一個老婆婆說，唐僧和豬八戒是喝了子母河的水，三天後就要生小孩，所以肚子痛。原來，他們來到了女兒國，這裏沒有男人，如果想生孩子，就去喝子母河的水。老婆婆還告訴他們：「山裏有一處落胎泉，喝了那水後，就可以不生孩子了。」孫悟空趕忙

去山中取來泉水，唐僧、豬八戒喝了泉水後，肚子馬上就不痛了。

第二天，他們來到女兒國都城。

女兒國國王早就聽

説唐僧長相英俊，她決定嫁給唐僧，自己當王后，唐僧當國王。唐僧正準備拒絕，孫悟空卻一口答應了。唐僧十分生氣，孫悟空安慰道：「先答應招親，換來關文再説。」幾天後，女王來接唐僧師徒入宮，喝過喜酒後，女王把關文交給孫悟空。孫悟空假意請唐僧和女王送他和豬八戒、沙和尚出關，女王於是和唐僧一起送孫悟空他們出關。剛過關，唐僧就對女王説：「陛下請回吧，我們要告辭去取經了。」

正在這時，一陣大風颳來，閃出一個女子，抓走了唐僧。孫悟空連忙追

gǎn　　yì zhí zhuī dào nǚ zǐ de pí pá dòng qián　 biàn chéng yì
趕，一直追到女子的琵琶洞前，變成一

zhī mì fēng fēi le jìn qù　 yuán lái nà ge nǚ zǐ shì gè xiē
隻蜜蜂飛了進去。原來那個女子是個蠍

zi jīng　　tā zhèng zài bī táng sēng hé tā chéng qīn　 sūn wù kōng
子精，她正在逼唐僧和她成親。孫悟空

xiàn chū yuán xíng　　 jǔ qǐ jīn gū bàng xiàng nǚ yāo dǎ qù　 nǚ
現出原形，舉起金箍棒向女妖打去。女

妖和孫悟空打起來。那女妖拼命抵擋，

卻不是孫悟空的對手。最後，女妖從身

後抽出像鞭子似的東西，擊中孫悟空的

頭，孫悟空痛得逃跑了。他決定明天再

去救師父。

第二天，孫悟空、豬八戒和沙和尚

又來到琵琶洞，豬八戒一耙砸開洞門。

女妖跳出洞，雙方大戰了幾個回合，女

妖用鞭子似的東西在豬八戒嘴上刺了一

下。豬八戒痛得大叫一聲，和孫悟空、

沙和尚逃出山洞。孫悟空又去請觀音菩

薩幫忙，觀音告訴他，只有請公雞神仙

才能治服她。孫悟空駕着雲到天宮，請

來公雞神仙，公雞神仙「喔喔」啼叫一
聲，女妖就倒在地上，變成了一隻大蠍
子，公雞神仙又叫一聲，蠍子精就倒在
地上死了。

真假孫悟空

一天，一班強盜攔着唐僧師徒要搶銀子，孫悟空一棒一個，一下子打死好幾個人。唐僧十分生氣，就把孫悟空趕走了。孫悟空走後，他們走了四五十里路，飢渴難忍，唐僧就叫豬八戒、沙和尚去化齋取水，可是去了很久也沒回來。這時，孫悟空來搶走唐僧的包袱和經文，還把唐僧打昏，然後跑回花果山。豬八戒和沙和尚回來，忙救醒唐僧問發生了什麼事。

唐僧派沙和尚到花果山找孫悟空算

賬，可是
他根本打不過
孫悟空，於是
怒氣沖沖地去
向觀音告狀。

怎料孫悟
空就站在觀音身
旁，觀音告訴沙和
尚，花果山那個孫悟
空是假的，真
孫悟空在她

這裏。當大家一起來到花果山時，兩個孫悟空都說對方是假的，觀音也只好對真假兩個孫悟空唸起了緊箍咒，誰知兩個孫悟空都頭痛，觀音也分不清楚了，只好讓二人去天宮找玉皇大帝辨認，但玉皇大帝看了半天也分不出真假。

托塔李天王取出了他的照妖鏡來照，可照妖鏡裏的兩個孫悟空居然一模一樣。真假孫悟空繼續爭執不休，一路從出南天門門口打到地府，找閻王分辨，閻王也分辨不出。

最後，兩個孫悟空來到西天如來佛祖面前，繼續爭辯。如來取出一個紫

盂，抛向空中，紫盂繞
着真假孫悟空轉了起
來，然後發出一道光
柱，那光柱把假孫悟空
罩在當中。

假孫悟空想逃，卻動不了，他現出原形，原來是一隻六耳獼猴。孫悟空拿起金箍棒，把假孫悟空打死了。謝過如來後，孫悟空回去拜見唐僧。

唐僧也後悔錯怪了孫悟空。師徒四人接着向西天取經去了。

三借芭蕉扇
sān jiè bā jiāo shàn

唐僧師徒四人秋涼時分越往西走
táng sēng shī tú sì rén qiū liáng shí fēn yuè wǎng xī zǒu

天氣越熱。當地人告訴他們，前面就是
tiān qì yuè rè dāng dì rén gào su tā men qián miàn jiù shì

八百里火燄山，周圍寸草不生，沒有人
bā bǎi lǐ huǒ yàn shān zhōu wéi cùn cǎo bù shēng méi yǒu rén

能通過。要過火燄山必須去找芭蕉洞的
néng tōng guò yào guò huǒ yàn shān bì xū qù zhǎo bā jiāo dòng de

鐵扇公主，她有把寶扇，搧一下，火就
tiě shàn gōng zhǔ tā yǒu bǎ bǎo shàn shān yí xià huǒ jiù

能熄滅；搧兩下，就能起風；搧三下，
néng xī miè shān liǎng xià jiù néng qǐ fēng shān sān xià

就會下雨。孫悟空一聽，馬上來到芭蕉
jiù huì xià yǔ sūn wù kōng yì tīng mǎ shàng lái dào bā jiāo

洞。那鐵扇公主是紅孩兒的媽媽，她記
dòng nà tiě shàn gōng zhǔ shì hóng hái ér de mā ma tā jì

恨孫悟空害了紅孩兒，拿起寶劍憤怒地
hèn sūn wù kōng hài le hóng hái ér ná qǐ bǎo jiàn fèn nù de

衝出洞。鐵扇公主根本不肯借扇，還大
chōng chū dòng tiě shàn gōng zhǔ gēn běn bù kěn jiè shàn hái dà

罵孫悟空，要孫悟空把紅孩兒還給她。
mà sūn wù kōng yào sūn wù kōng bǎ hóng hái ér huán gěi tā

為了能借到
寶扇，孫悟空讓鐵
扇公主在頭上連砍十
幾劍，卻毫髮未傷。鐵
扇公主見孫悟空一點
事也沒有，
有點害怕，

便轉身回洞。孫悟空見鐵扇公主不願借

扇，只好拿出金箍棒，攔住鐵扇公主，

兩人在洞前打起來。鐵扇公主拿出芭蕉

扇用力一搧，把孫悟空搧到萬里之外。

幸好，遇到靈吉菩薩，靈吉菩薩送給孫

悟空一顆定風丹，吃了定風丹後，寶扇

就搧不動孫悟空了。鐵扇公主看到搧不

動孫悟空，連忙收起寶扇逃回洞中。

孫悟空變成小蟲子，從門縫鑽進山

洞，鐵扇公主正在喝茶，他就飛到茶杯

裏，鐵扇公主把他和水喝進肚子裏。孫

悟空在鐵扇公主肚裏拳打腳踢，鐵扇公

主痛得坐在地上，連聲求饒，並答應把

寶扇借給他。孫悟空從鐵扇公主肚子裏飛出來，拿了寶扇離開了芭蕉洞。他帶着芭蕉扇，和唐僧等一起前往火燄山。

越接近火燄山，天氣越熱，孫悟空便叫

táng sēng děng rén liú zài yuán dì
唐僧等人留在原地，
zì jǐ dào huǒ yàn shān qù miè
自己到火燄山去滅
huǒ
火。
tā lái dào huǒ yàn shān
他來到火燄山，
yòng lì yì shān
用力一搧，
shéi zhī huǒ
誰知火
què yuè shān yuè dà
卻越搧越大，
cái zhī dào zhè bǎ shàn zi shì jiǎ de
才知道這把扇子是假的。

降伏牛魔王

大家正在煩惱時，土地神告訴孫悟空，要借真芭蕉扇，必須去找牛魔王。

於是孫悟空就去找牛魔王。牛魔王一看到孫悟空，舉起混鐵棍朝孫悟空劈面就打，他決心為自己的兒子紅孩兒報仇。

牛魔王的本領十分高強，孫悟空和他一直打到天黑，也沒分出高下。兩人決定第二天再繼續打。

這時，有人來請牛魔王去喝酒，孫悟空便化成一陣清風，悄悄跟在牛魔王身後。只見他把自己的坐騎避水金睛

獸，拴在宮外的石柱上，

孫悟空就變成牛魔王

的模樣，偷偷騎上避水金

睛獸，到芭蕉洞去騙取

芭蕉扇。鐵扇公主見

到假的牛魔王，十分開

心。假牛魔王向鐵扇公

主借芭蕉扇，鐵扇公

主一點也不懷疑，從

口中吐出一把杏葉大

小的扇子遞給他。孫悟空又問了把芭蕉

扇變大的口訣，暗暗記住，他把扇子放

入口中後現出原形，離開了芭蕉洞。鐵

扇公主十分後悔，卻也沒辦法。

　　孫悟空出了洞，把口訣唸了一遍，

扇子果然變大了，可是孫悟空不知道變

小的口訣，只好扛着大扇子回去。牛魔

王喝完酒出來，沒看見避水金睛獸，知

道肯定是被孫悟空偷走了，便駕雲直奔

芭蕉洞。

　　鐵扇公主見了他，又氣又惱，把

牛魔王罵了一頓。牛魔王連忙去追，遠

遠就看見孫悟空扛着大扇子，牛魔王就

變成豬八戒的模樣。孫悟空騙到了扇子，十分高興，沒發現是假的豬八戒，就把扇子交給了牛魔王。牛魔王接過芭蕉扇，默唸口訣，將扇子縮小，放在口中，現出了原形。

孫悟空發現上當了，十分憤怒，掄起金箍棒就朝牛魔王打去。兩人從地上一直打到天上。豬八戒來找孫悟空，見到孫悟空正和牛魔王打得十分激烈。豬八戒舉起釘耙使勁砸向牛魔王，牛魔王抵擋不住了，只好化作一陣清風逃回自己洞裏，關上洞門，不再出來應戰。

豬八戒聽說牛魔王變成自己的模樣

騙走寶扇，十分生氣，舉起釘耙一耙打
破了洞門。孫悟空和豬八戒衝進洞，一
陣亂打，牛魔王悄悄地變成
一隻小鳥飛了出去。

孫悟空發現後，搖
身一變，變成一隻蒼
鷹，去抓小鳥。牛魔王

gǎn kuài yòu biàn chéng yì zhī huī hè　　sūn wù kōng jiù biàn chéng yì
趕快又變成一隻灰鶴，孫悟空就變成一

zhī bái fèng　　dǎng zhù niú mó wáng de qù lù　　niú mó wáng yòu
隻白鳳，擋住牛魔王的去路。牛魔王又

biàn chéng yì zhī láng　　xiàng sēn lín pǎo qù　　sūn wù kōng lì kè
變成一隻狼，向森林跑去，孫悟空立刻

biàn chéng yì zhī měng hǔ　　xiàng láng pū qù
變成一隻猛虎，向狼撲去。

牛魔王着急了，變成一頭白牛，用蹄子去踢孫悟空。孫悟空說聲「大」，變得比白牛還大，一腳踩住高山，雙手去抓牛角。

此時，天地諸神都來助戰，將牛魔王團團圍住，鐵扇公主只好把扇子借給孫悟空。搧滅大火後，孫悟空把芭蕉扇還給了鐵扇公主，謝了眾神，唐僧師徒四人向西天繼續而去。

碧波潭奪寶

過了火燄山，唐僧師徒來到祭賽國金光寺，只見金光寺內的塔中關着許多和尚。一問才知道，塔頂的寶珠不見了，國王怪罪下來，把和尚全都關了起來。孫悟空一看，發覺塔頂有妖氣，他跳到塔頂，抓住兩個正在喝酒的小妖，才得知原來寶珠是被碧波潭的龍王偷走的。唐僧等把這件事告訴國王，國王便請他們去捉拿妖精，奪回寶珠。孫悟空和豬八戒來到碧波潭，龍王的駙馬九頭怪跳出水面，揮舞着月牙鏟和孫悟空打

起來。八戒拿起釘耙，向九頭怪砸

下去。九頭怪一轉身，用一個頭咬住釘

耙，把豬八戒拖進碧波潭。

孫悟空變成一隻螃蟹，潛入水府。

只見龍王正和九頭怪在喝酒，孫悟空趁

機救出了豬八戒，豬八戒一氣之下，把

龍宮打了個落花流水。九頭怪和龍王

慌忙迎戰，九頭怪取出兵器，龍王率領

蝦兵蟹將，將豬八戒團團圍住。豬八戒

眼看打不贏了，趕快跳出水面，嚷道：

「猴哥，快打妖精！」孫悟空一棒，把

剛浮出水面的龍王打死了。九頭怪拖着

龍王的屍首，回了水府。

孫悟空請來二郎神幫忙，又叫豬八

戒潛入水府，引九頭怪出水。九頭怪剛

露出水面，就被二郎神一彈弓打中，哮

天犬上前咬死了九頭怪。

謝過二郎神後，孫悟空變成九頭

怪，豬八戒變成龜將軍，兩人大搖大擺

來到水府。龍公主出來迎接，孫悟空騙

公主說打了勝仗，公主很高興，把裝着寶珠的盒子交給孫悟空。孫悟空一接過盒子，就現出原來的樣子，公主才發現上當了，她想逃走，但被豬八戒一耙打死了。孫悟空和豬八戒帶着寶盒回到王宮，交給國王，師徒四人又繼續向西天取經去了。

計勝黃眉怪

到了春天，唐僧四人來到小雷音寺，只見寺裏擺了一座如來佛像。唐僧連忙下馬要進去跪拜，孫悟空卻一眼看出這座佛像是妖怪變的，舉起金箍棒就打下去。那如來佛像大笑幾聲，現出原形，原來是個老妖怪，自稱黃眉老佛。

黃眉老佛拋出一副金鈸，罩住孫悟空，其餘的小妖出現了，一擁而上，唐僧、豬八戒、沙和尚措手不及，都被捆綁起來。孫悟空用盡了辦法，都不能從金鈸裏出來，最後只好唸一聲咒語，請來

護法諸神，求他們去找玉帝幫忙，派二十八宿星神前來救助，才跑了出來。

孫悟空舉起金箍棒把金鈸打得粉碎，黃眉怪用狼牙棒和孫悟空打起來。

這時，眾星神也趕過來，把黃眉怪團團圍住，黃眉怪見打不過，拋出一個口袋，那口袋把孫悟空和眾星神全收了進去。孫悟空使用法術，掙脫繩索，把大家救了出來。但剛逃出來，就被黃眉怪發現了，他又拿出口袋，再次把眾星神和唐僧等人裝進袋裏，只有孫悟空一人逃走了。

孫悟空正不知道怎麼辦時，彌勒佛出現了。原來黃眉怪是彌勒佛的敲磬童子，偷了彌勒佛的袋子，逃到這裏害

人。彌勒佛要孫悟空把黃眉怪引到一片
西瓜田來，自己則變成一個種瓜人。孫
悟空把黃眉怪引來這片西瓜田，趁他不
注意時變成一個西瓜，彌勒佛把孫悟空
的西瓜給他解渴，孫悟空趁機鑽進妖怪
的肚中，在裏面拳打腳踢，痛得黃眉怪
在地上亂滾。彌勒佛拿回袋子，現出本

西遊記

相，黃眉怪一見，趕忙跪下求饒，彌勒佛把黃眉怪收進袋子，駕着雲彩回西天去了。孫悟空救出眾星神和唐僧等人，繼續往西天取經。

計盜紫金鈴

唐僧師徒四人風塵僕僕的來到朱

紫國。聽說朱紫國國王得了重病，很多

醫生都治不好，國王最後貼出皇榜，誰

能治好國王的病就重賞他。孫悟空揭下

皇榜，和豬八戒一起來到王宮。國王看

見孫悟空和豬八戒的模樣，嚇得躲在龍

牀上，不敢看病。孫悟空用三根絲線給

國王把脈。得知國王的病因後，孫悟空

挑了大黃和巴豆，將藥碾成粉，拌和馬

尿，揑成藥丸給國王吃。國王吃了後，

連續下瀉。隨後孫悟空又叫國王吃了一

些米湯，國王
的病就好了。

國王十分
感激，設宴招
待唐僧師徒四人。

在宴會上，國王說出他
得病的根源。原來，
朱紫國有座麒麟

山，山上住着一個妖怪。三年前的端午節，妖怪搶走了王后，國王受到驚嚇，端午節吃的粽子滯留在肚子裏，又日夜思念王后，所以得了病。

孫悟空決意救出王后，但那妖怪有三個紫金鈴，第一個鈴一搖，就會放火，第二個鈴一搖，就會放毒煙，第三個鈴一搖，就能飛出黃沙，人一碰到就會死。

孫悟空想出一條妙計，變成一隻蒼蠅去見王后，請王后幫助他打敗妖怪，他讓王后請妖怪喝酒，孫悟空變成丫鬟站在旁邊，偷偷用毫毛變成跳蚤，讓牠

們鑽到妖怪身上。妖怪渾身發癢，脫掉

衣服，把金鈴交給孫悟空變成的丫鬟。

孫悟空把真金鈴收好，又變出一個假金

鈴交還妖怪。

孫悟空帶着真金鈴走到山洞外叫陣，妖怪拿着假金鈴出門迎戰，但是，搖第一個鈴，無火；搖第二個鈴，無煙；搖第三個鈴，無沙。孫悟空拿出真金鈴一搖，無數火、煙、沙朝妖怪飛去。妖怪慌忙逃走，這時觀音菩薩突然出現，原來妖怪是她的坐騎金毛犼，觀音把牠帶走。王后也被救出來了，孫悟空把她送回王宮，國王非常感謝唐僧師徒，親自把他們送出城。

盤絲洞大戰

一個春光明媚的日子，唐僧師徒四

人來到一座莊園外，唐僧決定自己進去

化齋。可是，他進莊園不久，就被七個

女子抓了起來。孫悟空正攀樹摘果，忽

見莊園裏發出一片光亮，他知道唐僧肯

定遇上妖精了。於是找來土地神詢問，

原來這裏是盤絲洞，洞裏住着七個蜘蛛

精。豬八戒一聽要打女妖精，格外精

神，大步向盤絲洞跑去。走進洞中，只

見七個女妖精正在洗澡，他舉起釘耙就

打，女妖精齊齊吐絲把豬八戒纏住。豬

八戒想掙脫開來，卻連摔幾個筋斗，倒在地上爬不起來。

終於掙脫開後，豬八戒灰溜溜地回來告訴孫悟空。孫悟空來到洞口，只見有七個小妖擋路，豬八戒舉耙亂打，小妖眨眼變成成千上萬隻蜜蜂、牛虻，向他亂叮。孫悟空拔下一根毫毛，變出無數隻鳥，一會兒那些小蟲就被鳥兒吃光了。孫悟空衝進洞救出唐僧，又放了一把火，燒掉盤絲洞。

師徒四人繼續趕路，來到黃花觀。

黃花觀老道是七女妖的師兄，他知道孫悟空燒掉盤絲洞的事，於是，老道

一邊在給他們喝的茶裏下毒，一邊通風報信給師妹。唐僧、豬八戒和沙和尚喝完茶後昏倒了。孫悟空和老道打

起來，七女妖也趕來幫助老道，孫悟空拔下毫毛，變出七十個孫悟空，把七女妖抓住。孫悟空拿起金箍棒，把蜘蛛精全部打死。

老道十分憤怒，就脫去衣服，露出肋下的千隻眼睛，射出萬道金光。孫悟空被照得頭昏腦脹，只好趕快逃走。孫悟空飛出金光的籠罩，碰到黎山老母，指點他去找紫雲山的神仙來降伏這個妖怪。這紫雲山神仙，拋出一根用太陽光煉成的繡花針，老道一見立即倒地而死，原來是隻蜈蚣精。神仙又給孫悟空三粒解毒丹，孫悟空

<ruby>謝<rt>xiè</rt></ruby><ruby>過<rt>guò</rt></ruby><ruby>神<rt>shén</rt></ruby><ruby>仙<rt>xiān</rt></ruby><ruby>後<rt>hòu</rt></ruby>，<ruby>救<rt>jiù</rt></ruby><ruby>活<rt>huó</rt></ruby><ruby>唐<rt>táng</rt></ruby><ruby>僧<rt>sēng</rt></ruby>、<ruby>豬<rt>zhū</rt></ruby><ruby>八<rt>bā</rt></ruby><ruby>戒<rt>jiè</rt></ruby><ruby>和<rt>hé</rt></ruby><ruby>沙<rt>shā</rt></ruby>

<ruby>和<rt>hé</rt></ruby><ruby>尚<rt>shàng</rt></ruby>，<ruby>繼<rt>jì</rt></ruby><ruby>續<rt>xù</rt></ruby><ruby>西<rt>xī</rt></ruby><ruby>行<rt>xíng</rt></ruby>。

獅駝洞鬥妖

唐僧師徒放一把火燒了黃花觀，來到一座高山前。這山有個獅駝洞，洞裏有三個魔怪，十分厲害。他們知道唐僧來到這裏，就想把他抓住，然後吃他的肉。孫悟空變成小妖模樣，來到獅駝洞。孫悟空對三個魔怪説：「我看見孫悟空了，他真的十分厲害啊。」三個魔怪看出小妖是孫悟空變的，就拋出一根繩子，一把捆住了孫悟空。大魔怪趕快取出寶瓶，把孫悟空裝了進去。孫悟空找來一根毫毛變成金剛鑽，在瓶底上鑽

了個洞，自
己變隻小蟲
飛了出來。

孫悟空回來稟告
唐僧後，就和豬八戒一起去
找三個魔怪算賬。大魔怪張開大
嘴，把孫悟空吞下肚子。孫悟
空在他肚子裏

又打又踢，痛得大魔怪直打滾。大魔怪

答應送唐僧師徒過山，孫悟空想了個辦

法，拔根毫毛變了一根繩子，拴住大魔

怪的心肝，然後從他鼻孔中跳出來。

孫悟空牽着大魔怪，半路上，二魔

怪跳了出來，他吹了口氣，扣住大魔怪

心肝的繩子就斷了，他又用長鼻子捲走

了豬八戒。孫悟空叫沙和尚保護師父，

自己變成小蟲飛進獅駝洞去救豬八戒。

孫悟空救出豬八戒，剛一出洞，二

魔怪就發現了他們，追了出來。他用長

鼻子捲住孫悟空，孫悟空用金箍棒插進

他的長鼻子，二魔怪痛得跪地求饒，並

答應送唐僧過山。大魔怪和二魔怪抬着

轎子送唐僧過山，三魔怪出現在空中，

展開巨翅撲過來。

三魔怪最厲害，很快就把唐僧師

徒四人全部抓回獅駝洞，裝在四個籠子

裏，放在火上蒸。孫悟空用隱身法跳出

籠子逃走了。三個魔怪怕唐僧他們也逃

走，就把他們鎖進櫃子裏，命令小妖牢

牢看住。

孫悟空想不到辦法對付三魔怪了，

只好來到西天，請如來佛祖幫忙。如來

佛祖帶着文殊菩薩和普賢菩薩來到獅駝

洞上空，三個魔怪出洞迎戰。文殊菩薩

降伏了大魔怪，原來牠是文殊菩薩的坐騎青獅，普賢菩薩降伏了二魔怪，二魔怪是頭白象，牠是普賢菩薩的坐騎。

三魔怪飛去抓如來，如來用手一指，把牠定在自己的頭頂上，原來牠是隻大鵬金翅鳥。洞中的小妖害怕極了，四處逃竄，孫悟空進洞救出唐僧、豬八戒、沙和尚，四人吃了些茶飯，繼續向西天去取經。

比丘國降妖

唐僧師徒披星戴月，風餐露宿來到比丘國。在這裏，他們見到每戶人家的門口都掛着一個鵝籠，籠子裏面都坐着一個小孩。原來，半年前，一個妖怪變成一個老道士帶一個美貌女子來到比丘國，沒多久就取得國王的信任。國王天天和美后喝酒取樂，身體越來越差。老道士告訴國王，要用一千一百一十一個小孩的心熬成湯，國王喝下病才能治好，國王就下令向民間要孩子。孫悟空決心要救出這些小孩，他唸起了真言，

把土地山神都召來。他們颳起了一陣狂風，把鵝籠和孩子捲走，藏起來照顧。

第二天一早，唐僧四人去朝見國王。不久來了一個老道士，孫悟空一眼就看出他是妖怪，趕快叫唐僧先行告辭。這時有士兵來報告，說城裏的小孩一夜之間全都不見了。國王一聽，非常着急。那老道士卻告訴國王，用唐僧的心來熬湯喝，不僅能治病，還可以長生不老。於是，愚蠢的國王聽了之後就要派兵去捉唐僧。孫悟空趕快吹口仙氣，把唐僧變成自己的模樣，自己變成唐僧的模樣。孫悟空對國王說：「既然國王

<ruby>要<rt>yào</rt></ruby><ruby>我<rt>wǒ</rt></ruby><ruby>的<rt>de</rt></ruby><ruby>心<rt>xīn</rt></ruby>，<ruby>我<rt>wǒ</rt></ruby><ruby>就<rt>jiù</rt></ruby><ruby>把<rt>bǎ</rt></ruby><ruby>心<rt>xīn</rt></ruby><ruby>挖<rt>wā</rt></ruby><ruby>出<rt>chū</rt></ruby><ruby>來<rt>lái</rt></ruby><ruby>獻<rt>xiàn</rt></ruby><ruby>給<rt>gěi</rt></ruby><ruby>你<rt>nǐ</rt></ruby><ruby>吧<rt>ba</rt></ruby>。」

<ruby>孫<rt>sūn</rt></ruby><ruby>悟<rt>wù</rt></ruby><ruby>空<rt>kōng</rt></ruby><ruby>一<rt>yì</rt></ruby><ruby>刀<rt>dāo</rt></ruby><ruby>剖<rt>pōu</rt></ruby><ruby>開<rt>kāi</rt></ruby><ruby>自<rt>zì</rt></ruby><ruby>己<rt>jǐ</rt></ruby><ruby>的<rt>de</rt></ruby><ruby>胸<rt>xiōng</rt></ruby><ruby>膛<rt>táng</rt></ruby>，<ruby>一<rt>yí</rt></ruby><ruby>下<rt>xià</rt></ruby><ruby>子<rt>zǐ</rt></ruby><ruby>滾<rt>gǔn</rt></ruby>

<ruby>出<rt>chū</rt></ruby><ruby>許<rt>xǔ</rt></ruby><ruby>多<rt>duō</rt></ruby><ruby>顆<rt>kē</rt></ruby><ruby>心<rt>xīn</rt></ruby><ruby>來<rt>lái</rt></ruby>。

<ruby>國<rt>guó</rt></ruby><ruby>王<rt>wáng</rt></ruby><ruby>嚇<rt>xià</rt></ruby><ruby>壞<rt>huài</rt></ruby><ruby>了<rt>le</rt></ruby>，<ruby>那<rt>nà</rt></ruby><ruby>妖<rt>yāo</rt></ruby><ruby>怪<rt>guài</rt></ruby><ruby>一<rt>yí</rt></ruby><ruby>見<rt>jiàn</rt></ruby>，<ruby>仔<rt>zǐ</rt></ruby><ruby>細<rt>xì</rt></ruby><ruby>一<rt>yí</rt></ruby>

<ruby>看<rt>kàn</rt></ruby>，<ruby>認<rt>rèn</rt></ruby><ruby>出<rt>chū</rt></ruby><ruby>假<rt>jiǎ</rt></ruby><ruby>唐<rt>táng</rt></ruby><ruby>僧<rt>sēng</rt></ruby><ruby>是<rt>shì</rt></ruby><ruby>孫<rt>sūn</rt></ruby><ruby>悟<rt>wù</rt></ruby><ruby>空<rt>kōng</rt></ruby><ruby>變<rt>biàn</rt></ruby><ruby>的<rt>de</rt></ruby>，<ruby>連<rt>lián</rt></ruby><ruby>忙<rt>máng</rt></ruby><ruby>逃<rt>táo</rt></ruby>

走。孫悟空見妖怪想逃走，立刻恢復原

形，一個筋斗，就追上了那妖怪。孫悟

空拿起金箍棒，朝那妖怪打下去。妖怪

急忙拔出蟠龍拐杖，和孫悟空打起來。

正當打得激烈的時候，南極壽星來了，

他用寒光罩住妖怪，原來是一隻白鹿。

國王向壽星討了三顆仙棗吃，病也好起

來了，他十分感謝孫悟空，並決定釋放

所有的小孩。孫悟空把小孩們都送回各

自的家，一時間滿城歡聲笑語。

無底洞捉鼠

唐僧師徒一直西走，來到一片茂密的樹林邊，看見一棵樹上綁着一個女子。那女子説她來掃墓，遇上強盜，被搶了財物後綁在這裏，懇求唐僧救她。

孫悟空看見一股黑氣，知道她是妖怪，唐僧卻不相信，叫豬八戒解下那女子，並帶着她一道西行。傍晚，他們來到一座廟裏投宿，住了數天，廟裏就有幾個和尚失蹤了，孫悟空確信跟那個女子有關。夜裏變作小和尚，女子果然中計。孫悟空舉起金箍棒就要打死她。誰

zhī nà nǚ zǐ huà chéng yí zhèn qīng fēng zhuā zǒu táng sēng táo
知那女子化成一陣清風，抓走唐僧，逃

huí qiān lǐ zhī wài de wú dǐ dòng qù le
回千里之外的無底洞去了。

孫悟空、豬八戒和沙和尚來到無底洞，那女妖正在逼唐僧和她結婚，孫悟空變成一隻老鷹，張開巨爪，抓翻滿是酒菜的桌子，然後飛出了無底洞。接着他又變成蒼蠅，飛到唐僧身邊，叫唐僧把女妖騙到後花園，摘下自己變的桃子給女妖吃。

於是，唐僧邀請女妖到後花園遊玩，他摘下孫悟空變的桃子給女妖吃。

女妖吃下後，孫悟空在她肚子裏拳打腳踢，女妖痛得直求饒。孫悟空要女妖把唐僧送出洞，女妖只好掙扎起來，背着唐僧，把他送到洞口。

sūn wù kōng gāng cóng nǚ yāo dù zi li tiào chū lái
孫悟空剛從女妖肚子裏跳出來，

huī bàng jiù dǎ xiàng nǚ yāo　　nǚ yāo yǎn jiàn dǎ bú guò sūn wù
揮棒就打向女妖。女妖眼見打不過孫悟

kōng　　jiù yòu huà chéng yí zhèn qīng fēng　　zhuā zhù táng sēng táo
空，就又化成一陣清風，抓住唐僧逃

huí wú dǐ dòng　　sūn wù kōng zài cì jìn rù wú dǐ dòng zhǎo
回無底洞。孫悟空再次進入無底洞找

女妖，發現這裏供奉着托塔李天王的牌位，孫悟空立刻飛到天上向玉皇大帝告狀，李天王感到十分奇怪，便和孫悟空一起來到無底洞。原來，那女妖是隻白毛老鼠精，曾拜李天王為義父，最後，李天王帶着白毛老鼠回去了。救出唐僧後，師徒四人繼續往西取經去。

大戰九頭怪

離開無底洞，唐僧師徒來到玉華城，唐僧決定獨自去拜見玉華王，他讓三個徒弟在客館裏休息。待到吃飯時，孫悟空等三人來到大殿，這時，來了三個王子。那三個王子見孫悟空三人相貌醜陋，以為是妖怪，舉起兵器就打。孫悟空、豬八戒跟沙和尚各顯神威，三個王子看得目瞪口呆，一齊跪下，要拜孫悟空三人為師。三個王子想讓鐵匠照樣打一根金箍棒、一把九齒釘耙、一根降魔杖，於是，孫悟空、豬八戒和沙和尚

的兵器被借來參考。

三件兵器放在棚裏，發出一道
道霞光。千里之外豹頭山的黃獅
精也看到了光，趁着
夜色竟偷走了這三
件兵器。

孫悟空留下沙和尚保護好唐僧，他和豬八戒一起去找丟失的兵器。他們來到豹頭山，正好遇上兩個小妖。孫悟空使出定身法定住兩個小妖，自己和豬八戒分別變成兩個小妖的模樣，混進妖精洞裏。豬八戒看見自己的釘耙，立刻現出本相，一把奪過釘耙就打。孫悟空也現出本相，奪過金箍棒朝黃獅精打去。

幾個回合後，黃獅精眼見抵擋不住，就趕快溜走了。孫悟空和豬八戒打死小妖，燒了妖洞後，拿着武器回到玉華城。

可是，不甘損失的黃獅精請來九頭

獅子怪替他報仇。九頭獅子怪

帶着獅妖們直奔玉華城，玉華

城頓時飛沙走石，天昏地暗。孫悟空、

豬八戒和沙和尚拿好武器出來迎戰。一

陣激烈打鬥後，豬八戒被黃獅精抓走

了。第二天，九頭獅子怪又來挑戰，孫

悟空、沙和尚出來迎戰，雙方殺得難分

難解。九頭獅子怪趁孫悟空和沙和尚無

暇顧及時，張開九個頭的血盆大口，叼

走了唐僧和玉華王父子。孫悟空連忙拔

出一根毫毛，變出許多個小孫悟空，打

敗了獅妖們。

接着，孫悟空和沙和尚來到九頭獅

子怪的洞前，九頭獅子怪也不拿兵器，

就大搖大擺走出洞。他一搖頭，張開九

張嘴，把孫悟空、沙和尚叼了回洞。夜

裏，孫悟空偷偷地逃出山洞，找來土地

神，詢問妖怪的來歷。原來，九頭獅子

怪是太乙天尊的坐騎。孫悟空趕快去天

上請來太乙天尊，然後將九頭獅子怪引

出洞，九頭獅子怪見了太乙天尊，急忙跪在地上直求饒。孫悟空救出大家，還叫獅子精把唐僧背出山洞，最後放火燒了妖精洞。他們拜謝太乙天尊後，就回玉華城去了。

玄英洞收妖

唐僧師徒歷經千難萬險，這天來到慈雲寺。元宵節當天，唐僧師徒四人與和尚一起上街觀燈。突然一陣狂風颳起，風中現出三位佛身。和尚說：「是佛爺看燈來了。」唐僧連忙跪下迎接。

孫悟空抬頭一看，已認出這三個佛身是三個妖精變的。孫悟空剛準備打妖精，那三個妖精立刻又颳起一陣風，把唐僧捲走了。孫悟空追到一座高山中，妖精和唐僧都消失了，他找來土地神打聽，原來這裏是青龍山玄英洞，洞裏住着三

gè yāo jīng
個妖精。

孫悟空叫豬八戒、沙和尚在洞門
口守住，自己變成螢火蟲，飛進洞裏打

探情況。孫悟空飛到唐僧面前，現出本相，救了唐僧，背着他向洞外逃走。路上碰到兩個小妖，孫悟空打死一個，另一個大喊：「孫悟空進洞啦！」三個妖精聽到叫喊聲，趕快拿起兵器，衝過來擋住孫悟空。孫悟空只好放下唐僧，獨自殺出去。豬八戒見只有孫悟空一人出來，十分着急，掄起釘耙，把洞門打得粉碎。三個妖精非常憤怒，帶領小妖殺到洞外。雙方打了很久，妖精突然一聲令下，小妖們一齊衝上去，抓住了豬八戒和沙和尚。

孫悟空只好去向玉皇大帝請求派

救兵，卻在西天門遇見了太白金星。太白金星告訴孫悟空，那三個妖精是犀牛精，只有四木禽星才能降伏。玉皇大帝便下旨讓四木禽星前去幫助孫悟空。四木禽星和孫悟空一起來到玄英洞上空，三個妖精立刻顯出原形，他們嚇得丟了兵器就往山下逃。四木禽星很快就收服了三妖，駕雲回天宮去了。孫悟空走進玄英洞，救出唐僧、豬八戒和沙和尚，師徒四人收拾好行李，繼續去西天取經。

大戰玉兔精

唐僧師徒這天來到舍衞國的金禪寺借宿。晚飯後，唐僧和孫悟空在後園散步，突然聽到有女子的哭聲，忙問住持發生了什麼事。原來，那女子是天竺國的公主，被妖精抓到金禪寺，而那妖精卻變成公主模樣去了天竺國宮中。

唐僧師徒來到天竺國，假公主拋下繡球想與唐僧成親，吸取唐僧的元陽真氣。孫悟空讓唐僧先假裝答應，留在宮中。

孫悟空讓豬八戒、沙和尚走出宮

去，自己則變成蜜蜂飛回王宮，
qù, zì jǐ zé biàn chéng mì fēng fēi huí wáng gōng

停在唐僧帽子上。假公主來
tíng zài táng sēng mào zi shang. jiǎ gōng zhǔ lái

了，孫悟空一眼就看出她是
le, sūn wù kōng yì yǎn jiù kàn chū tā shì

妖精，便現出原來的模樣。
yāo jīng, biàn xiàn chū yuán lái de mú yàng

妖精一見立刻拿出
yāo jīng yí jiàn lì kè ná chū

一根短棒，和孫悟空打起來。打了好幾十回合，兩人仍分不出勝負。

孫悟空拋起金箍棒，大喊一聲「變」，變出了千百根金箍棒，圍住妖精亂打。那妖精漸漸不支，化作萬道金光逃回舍衞國。

孫悟空在山頂找到一個兔子洞，拿起金箍棒就砸碎了洞門。妖精跳了出來，又和孫悟空打起來，妖精漸漸沒力氣了，孫悟空舉起金箍棒狠狠地向妖精打去。

「大聖，棍下留情！」孫悟空抬頭一看，只見嫦娥仙子駕着雲彩來了。原

來，這妖精是廣寒宮裏的玉兔。妖精一見嫦娥，立刻變回兔子的模樣，跟着嫦娥回廣寒宮了。

第二天，國王親自到金禪寺把公主接回
去，並率領文武百官，把唐僧師徒送出
城。

西天見佛祖
xī tiān jiàn fó zǔ

唐僧師徒辭別舍衛國君民，又向西
táng sēng shī tú cí bié shè wèi guó jūn mín　yòu xiàng xī

走了半個多月，終於來到西天。唐僧身
zǒu le bàn gè duō yuè　zhōng yú lái dào xī tiān　táng sēng shēn

披袈裟，手持錫杖，和徒弟們去朝拜佛
pī jiā shā　shǒu chí xī zhàng　hé tú dì men qù cháo bài fó

祖。他們來到一條大河前，孫悟空看到一座獨木橋，就從橋上走過去，但唐僧等三人都不敢走。

正在這時，有一個老漢撑着一條無底船來到他們面前，孫悟空一眼認出他就是接引佛祖。唐僧見船無底，怎麼也不肯上船，孫悟空趁唐僧不注意，一下把唐僧推上船。

接引佛祖輕輕一撑，小船駛離岸邊。船到江心，忽然出現一具屍體，唐僧嚇壞了，孫悟空告訴他那是他的屍體，他已經脱了凡胎，變成仙人。

上岸後，唐僧師徒來到大雄寶殿，

拜見如來佛祖，又把大唐皇帝的信及沿途的關文獻上。如來笑着命阿儺、伽葉帶唐僧師徒到珍樓吃完飯後，然後再到寶閣領取經書。

阿儺、伽葉引唐僧看遍經書名目後，要唐僧送東西給他們才肯傳經。孫悟空生氣了，叫嚷着要告到如來那裏，阿儺、伽葉從另一邊拿出經文交給他們。唐僧師徒接下經文，一卷卷收好，又捆成兩大捆，馱在馬背上。

第二天，唐僧師徒正忙着趕路，只聽見一聲巨響，半空中伸出一隻巨手，把馱在馬背上的經書撒了一地。唐僧師

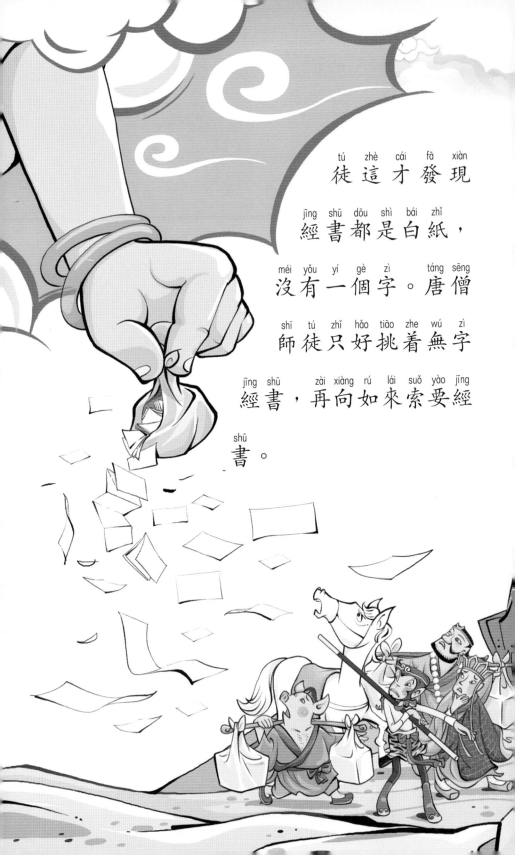

徒這才發現
經書都是白紙，
沒有一個字。唐僧
師徒只好挑着無字
經書，再向如來索要經
書。

如來這才給他們有字的真經。唐僧師徒歷盡千辛萬苦，終於取得真經，再次回東土大唐去。

取回真經

唐僧師徒走後，觀音菩薩讓隨從取

來唐僧師徒四人的受難簿查看。原來，

佛祖規定，唐僧師徒來西天取經，一定

要經歷九九八十一個大難後，才能證明

他們的取經誠意，才能取走真經，否

則，他們還不能拿走經書。觀音仔細一

看，發現他們只經歷了八十個大難，還

少了一難，於是立刻傳命給四大金剛，

讓他們設法使唐僧師徒再經歷一次大

難，好完成這九九八十一難。

唐僧師徒挑着經書，駕着雲向東前

行。突然，一陣大風把他們從

天上颳下來，正好落在通天

河岸邊，四人正不

知如何過河。這時，

一隻大龜浮出河面，師徒

四人欣喜地上

了大龜的背，大龜馱着他們過河。快到對岸時，大龜忽問：「唐僧，上次託你到西天見如來時，問我何時可得人身，不知問了沒有？」可唐僧早已忘了。大龜一生氣突然沉下水去，唐僧師徒連同經書全落入水中。幸虧離岸不遠，唐僧師徒急忙把經書一卷卷撈到岸上。這時，又颳來一陣狂風，天昏地暗、電閃雷鳴、飛沙走石，唐僧師徒馬上護住經書。直到天亮時，天氣才好轉，太陽升起來，師徒四人趕快打開包袱晾曬經書。

曬乾經書後，師徒四人繼續向東

行。八大金剛忽至，把唐僧師徒乘上香

風，都送回東土大唐京都長安。

自從唐僧走後，唐太宗就命人在

長安城外修建一座望經樓，派人在樓上

觀望等待。這天，唐太宗恰巧來到望經

樓，忽見西方滿天彩雲，香風陣陣，只

見唐僧在前，孫悟空、豬八戒、沙和尚

在後，帶着經書回來了。唐太宗欣喜萬

分，更親自寫成一篇《聖者序》文章，

表彰唐僧的功德。

唐太宗請唐僧朗誦真經，唐僧來

到雁塔寺，正想講經，空中傳來八大金

剛的聲音：「唐僧，如來有旨，叫你們

回西天去。」唐僧一聽，急忙告別唐太宗，和徒弟三人一起跟隨金剛去西天。

唐僧師徒到達座前，拜見如來，如來封唐僧為功德佛，封孫悟空為鬥戰勝佛，封豬八戒為淨壇使者，封沙和尚為金身羅漢，封白龍馬為八部天龍馬。從此以後，唐僧師徒四人就都成了神仙，住在天上了。

西遊記

趣味思考

1. 為什麼孫悟空被五行山壓住，
   他不變小逃出來？

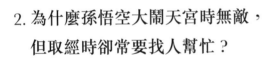

2. 為什麼孫悟空大鬧天宮時無敵，
   但取經時卻常要找人幫忙？

3. 孫悟空有幾次返回花果山，是因為
   什麼事情？

4. 沙和尚和孫悟空在做唐僧徒弟之前分別都是做什麼
   的？你覺得每個人一生只能做一件事嗎？說說看。

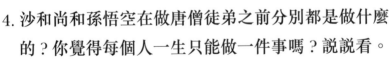

5. 作者為什麼選擇猴子和豬做孫悟空和豬八戒的形象？說說看。

6. 孫悟空一個筋斗就是十萬八千里，你覺得人類有可能發明某種機器，讓人瞬間就行走這麼遠嗎？

7. 為什麼神仙有那麼多厲害的法寶，在孫悟空大鬧天宮的時候卻不拿出來用？

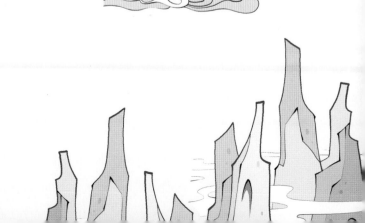

四大名著・漢語拼音版

西遊記

原　　著：吳承恩
插　　畫：野人
責任編輯：曹文姬
美術設計：李成宇
出　　版：新雅文化事業有限公司
　　　　　香港英皇道499號北角工業大廈18樓
　　　　　電話：（852）2138 7998
　　　　　傳真：（852）2597 4003
　　　　　網址：http://www.sunya.com.hk
　　　　　電郵：marketing@sunya.com.hk
發　　行：香港聯合書刊物流有限公司
　　　　　香港荃灣德士古道220-248號荃灣工業中心16樓
　　　　　電話：（852）2150 2100
　　　　　傳真：（852）2407 3062
　　　　　電郵：info@suplogistics.com.hk
印　　刷：中華商務彩色印刷有限公司
　　　　　香港新界大埔汀麗路36號
版　　次：二〇一三年七月初版
　　　　　二〇二四年八月第十二次印刷

ISBN: 978-962-08-5833-8
© 2013 Sun Ya Publications (HK) Ltd.
18/F, North Point Industrial Building, 499 King's Road, Hong Kong.
Published in Hong Kong SAR, China
Printed in China